Arena-Taschenbuch
Band 2523

Christine Zwick

Dr. Ilse Kleberger,
Ärztin und Schriftstellerin, ist bekannt durch zahlreiche Veröffentlichungen, darunter Romane, Reiseberichte, Biographien, Kinder- und Jugendbücher.

Ein weiteres Arena-Taschenbuch von Ilse Kleberger:
»Schwarzweißkariert« (Band 2533)

Das Buch zeigt eindrucksvoll die Ursachen und Konsequenzen von Alkoholismus bei Jugendlichen. Und es zeigt zumindest einen Weg auf, wie man aus dem Teufelskreis der Sucht aussteigen kann. Im Falle Benjamins durch die Freundschaft zu einer jungen Frau, deren Stimme er zunächst nur vom Telefon her kennt.

Wolfgang Zimmermann
Hessischer Rundfunk

Ilse Kleberger

Die Nachtstimme

Arena

Zu diesem Taschenbuch liegt eine
Unterrichtserarbeitung vor.
Bitte anfordern beim Arena Verlag, Würzburg
Telefon: 0931/79644-0

In neuer Rechtschreibung

6. Auflage als Arena-Taschenbuch 1997
© 1982 by EDITION PESTUM im Arena Verlag GmbH, Würzburg
Reihenkonzeption und Umschlaggestaltung: Wolfgang Rudelius
Gesamtherstellung: Westermann Druck Zwickau GmbH
ISSN 0518-4002
ISBN 3-401-02523-6

1

Als die Frau aus dem Fenster schaute, sah sie, dass es nieselte. Sie würde zum Einkaufen den Schirm mitnehmen müssen. Die Leute auf der Straße unten gingen eiliger. Aber dort auf der Bank vor dem Bahnhof saß einer trotz des Regens. Die Frau sah genauer hin. Ja, es war wieder der Junge von gegenüber, die Hände in die Jackentaschen gebohrt, den Kragen hochgeschlagen, die langen Beine in den abgewetzten Jeans ausgestreckt, sodass jeder, der vorbeiging, einen Bogen machen musste. Manchmal saß er halbe Tage lang so. Die Frau nahm ihren Schirm und die Einkaufstasche und lief die Treppe hinab.

Als sie an dem Jungen vorüberkam, sah sie das struppige schwarze Haar, den getrübten Blick aus rot umränderten Augen. Aus der Jackentasche ragte der Hals einer Flasche. Er hatte wieder getrunken, wie sie es sich gedacht hatte. Sollte sie ihn vielleicht doch einmal ansprechen, ihn fragen, ob er denn gar nicht an seine Mutter denke, die sich abarbeitete, während er hier herumhing und seine Zeit vertat? Sie zögerte. Ein älterer Mann mit einer Aktentasche wäre fast über die Beine des Jungen gestolpert. Verärgert blieb er stehen. »Können Sie Ihre Füße nicht bei sich behalten? Was ist denn das für ein Benehmen?«

Der Junge ließ die Beine, wo sie waren, zog die Flasche aus der Tasche, trank glucksend ein paar Schlucke, wobei ihm die braune Flüssigkeit aus dem Mundwinkel lief. Dann grinste er und winkte dem Mann mit einer ausfahrenden Bewegung zu.

Der sah empört die Frau an. »Unverschämt! Kann der sich nicht benehmen? Einziehen sollte man solche Kerle zum Militär. Die würden ihn dort schon schleifen! Verludern, rumsaufen!«

»Fürs Militär ist er doch zu jung«, sagte die Frau.

Der Mann brummte: »Dann müsste sein Vater ihn mal übers Knie legen und nach Strich und Faden durchhauen!«

Der Junge kicherte. »Aber Opa! Reg dich doch nicht auf. Scha . . . scha . . . schadet deiner Galle!« Er versuchte mühsam, die Flasche wieder in die Tasche zurückzustecken, aber es gelang ihm nicht.

»Gehen Sie doch nach Hause«, sagte die Frau zu ihm. »Es regnet. Sie werden ganz nass!«

Der Junge lachte nicht mehr. Er sah sie plötzlich feindlich an. »Das geht dich einen Scheiß an!«

Der Mann war schon längst kopfschüttelnd weitergegangen.

Die Frau kehrte dem Jungen nun auch den Rücken. Es hat doch keinen Zweck, dachte sie, wenn einem die Mutter auch noch so Leid tut. Man kann sich doch nicht beleidigen lassen! Die Mutter hat ja wahrscheinlich selber Schuld, hat den Jungen sicher viel zu weich erzogen. Und der Vater fehlt eben. Ich misch mich da nicht mehr ein!

Als sie mit ihrer gefüllten Einkaufstasche zurückkam, saß der Junge noch immer da, obwohl es jetzt stärker regnete. Sein Haar klebte vor Nässe. Ein Tropfen hing ihm an der Nase, die Jeans hatten an den Oberschenkeln große dunkle Flecke. Die leere Flasche hatte er unter die Bank geworfen.

Greta Hansen schleppte sich die Bahnhofstreppe hinauf. Abends, wenn sie nach Hause kam, schienen ihr die Stufen immer besonders steil zu sein. Sie war abgespannt, müde, erschöpft. Acht Stunden Schreibmaschine, Diktate aufnehmen, die Launen des Chefs ertragen, Telefonate beantworten, Akten suchen, die vom Chef mal wieder verlegt worden waren. Nach der Arbeit einkaufen gehen, sich im Supermarkt drängeln, an der Kasse anstehen und Lebensmittel schleppen: Brot, Flaschen, Büchsen, Tüten, Fleisch, Obst, Gemüse. Neid auf die, die den Einkaufswagen zum Auto karrten, einluden, wegfuhren. Greta musste stattdessen schleppen, dass ihr die Schultern wehtaten, die Arme einschliefen, das Herz pumpte. Wenn nur der Feierabend schön war: die Schuhe von den Füßen, Beine hochlegen, den Fernseher anstellen – nichts Schweres, ein Musical, ein Krimi oder Heiteres Beruferaten. Das sah sie gern. Ein Teller mit Broten und eine Kanne mit Tee zwischen Benni und ihr. Benjamin. Wenn Benjamin heute nur zur Arbeit gegangen war! Sie hatte ihn geweckt, aber man wusste nie. Ihr Chef hatte sich so sehr eingesetzt, damit Benjamin eine Lehre bekam. Trotz seiner Launen war der Chef doch sehr anständig. Und Schaufensterdekorateur war gar nicht so übel. Natürlich hatte sie einmal von etwas anderem für Benjamin geträumt, Arzt oder Anwalt oder Lehrer. Er war so gut in der Schule gewesen. Bis zur mittleren Reife vor zwei Jahren. Dann passierte das damals. Und dann war Schluss. Wie das alles gekommen war, musste man schon froh sein, wenn er Schaufensterdekorateur würde. Etwas von seinen künstlerischen Begabungen konnte er da ja ausleben.

Es schien ihm wohl auch Spaß gemacht zu haben, diese Woche lang. Wenn er nur dabeibliebe! Wenn er dieses Mal endlich dabeibliebe, würde sie ihn vielleicht doch drüber wegkriegen!

Sie trat aus dem Bahnhof in den nieselnden Regen hinaus. Einen Schirm hatte sie nicht dabei. Sie musste ja auch die beiden schweren Taschen tragen, hätte einen Schirm gar nicht aufspannen können. Sie wollte rasch den Damm überqueren, da sah sie ihn. »Benjamin!« Ihr Herz begann rasend zu klopfen. Da war wieder der Schmerz an der linken Seite.

Der Junge erhob sich taumelnd von der Bank. »Hallo, Mutter«, sagte er mit schwerer Zunge. Greta schluckte. »Benni, warst du denn nicht zur Arbeit? Warum warst du nicht zur Arbeit?«

Der Junge machte eine wegwerfende Bewegung. »Ach! Scheißladen, das! Scheißladen! Meckert mich an, der . . . der Abtei . . . Abtei . . . Abteileiter, Ab-tei-lungs-leiter. Brauch ich mir nicht gefallen zu lassen, nein, brauch ich nicht. Bin ich eben abgehauen. Bin doch ein Mensch und kein Hund. Bin ein Mensch!«

Sie ging schweigend neben ihm her. Er sah sie von der Seite an. »Warum sagst du nichts, ha? Ist doch richtig, dass ich alles hingeschmissen habe, ha? Ich bin doch kein Hund!«

Er schwankte, fiel gegen sie, als sie vor dem Haustor angekommen waren, drohte hinzufallen. Sie ließ eine der schweren Taschen stehen und fasste ihn unter die Achsel, um ihn zu stützen. Sie war klein und zierlich, und er mit seinen siebzehn Jahren überragte sie um mindestens zwanzig Zentimeter. Aber sie wusste, wie sie ihn halten musste, kannte diesen Griff genau. Sie hatte ihn schon zu oft geübt.

Oben angekommen, ließ sie den Jungen in einen Sessel gleiten und lief rasch wieder hinunter, um die andere Tasche mit Lebensmitteln zu holen. Als sie zurückkehrte, hörte sie ihn rufen. »He! Gretamutter! Sag mal, war doch richtig, dass ich denen ihren Dreck vor die Füße geschmissen habe? Ich bin doch kein Hund! Gretamutter, sag mal, stimmt doch?«

Sie antwortete nicht. Ihre Kehle war wie zugeschnürt, und der Schmerz in der linken Seite wurde immer stärker. Als sie an Benjamin vorbeikam, griff er nach ihrer Hand. »Hast du'n Bier für deinen armen Benni, Mutter?«

Sie schleuderte seine Hand fort und ließ sich auf das Sofa fallen. »Nein, nein! Ich halte das nicht mehr aus! Immer wieder und wieder! Ich kann einfach nicht mehr! Warum hast du denn wieder . . . Kannst du denn nicht mal . . . Musst du denn immer . . .«

Ihre kindlich hohe Stimme und die halb angefangenen Sätze reizten Benjamin, auch wie sie ihn ansah mit aufgerissenen vorwurfsvollen Augen. Er merkte, wie Wut langsam in ihm hochstieg.

»Halt den Mund«, sagte er grob. »Quatsch – quatsch nicht so blöd!«

Sie fing haltlos an zu weinen, ihre Schultern bebten, der ganze Körper wurde geschüttelt. Ab und zu schniefte sie auf, dann kam wieder das Wimmern und Schluchzen.

Benjamin starrte sie an, den schmalen, zuckenden Rücken, den kleinen Kopf mit den regennassen, aufgelösten Löckchen. »Hör auf!«, schrie er plötzlich wild. »Hör endlich auf mit dem Flennen!«

Aber sie hörte nicht auf, hatte ihn wohl kaum gehört. Die Wut saß jetzt in seinem Hals, drückte ihm die Kehle zu, dass er nur gepresst atmen konnte, stieg höher bis in den Kopf, vernebelte ihm das Gehirn, lag als Schleier vor den Augen, wurde größer und mächtiger, wie ein Tier, das ihn in Besitz nahm. Er schrie wieder. Dieser heisere, wilde Laut ließ Greta hochfahren. Sie sah sein verzerrtes Gesicht und sprang auf die Füße. Schon hatte er eine Tasse in der Hand und wollte sie nach ihr werfen, doch Greta schlüpfte aus der Tür, an der die Tasse in Scherben zerbarst. Greta hörte das Klirren, zog sich rasch in ihr Schlafzimmer zurück, drehte zweimal den Schlüssel um und lehnte sich zitternd gegen die Wand. Aus der Küche kamen dumpfe Schläge, Krachen und Brechen und Splittern von Holz, das Zerreißen von Stoff, noch einmal Scherbenklirren. Wieder einmal wütete er hemmungslos, wieder einmal zerschlug und zertrat er, was ihm unter Hände und Füße kam. Geschirr, Tisch und Stühle. Wenn er diesmal nur nicht wieder an den Fernseher ging! Der Fernseher war das Einzige, was ihr manchmal noch ein bisschen Ablenkung gab. Wenn er den nur nicht wieder kaputtschlug!

Unten klopfte jemand mit dem Besen an die Decke. Die Nachbarn, dass die immer alles mitbekommen mussten! Greta schämte sich. Es klingelte an der Tür, laut und anhaltend. Aber Benjamin öffnete nicht und sie traute sich nicht auf den Flur, hatte Angst ihm in die Hände zu fallen. In diesem Zustand war er zu allem fähig. Das Klingeln hörte auf, auch das Toben in der Küche. Alles war wie ein Gewittersturm vorüber. Sie zog sich rasch aus und schlüpfte ins Bett, wühlte den Kopf in die Kissen, zog die Decke bis über die Ohren. Nichts mehr hören – nichts mehr denken – nichts mehr wissen: nur schlafen!

Benjamin hielt sich stöhnend das Knie. Er hatte es sich verrenkt, als er den Tisch mit einem Tritt umwarf. Der Schmerz erfüllte ihn ganz und ließ keinen Platz mehr für die Wut. Sie schrumpfte wie ein angestochener Ballon, aus dem die Luft entweicht. Der rote Nebel verzog sich vor seinen Augen. Er sah nun wieder, sah das Chaos in der Küche, den umgeworfenen Tisch, die zerbrochene Tasse und die Scherben einer Kaffeekanne, einen Stuhl mit zersplitterten Beinen. Wie Schnee lag es über den Trümmern. Was war das nur? Dann erkannte er, dass es die Federn aus dem bestickten Kissen waren, dem Lieblingskissen von Greta, das sie sich immer in den Rücken stopfte, wenn sie vor dem Fernseher saß, und das er zerrissen hatte.

Er schloss die Augen, wollte die Ernte seiner Wut nicht mehr sehen, warf sich auf das kleine Sofa hinter dem Tisch und schlief sofort ein, schnarchend und schnaufend.

Benjamin wachte auf. Ihn fror und sein Kopf schmerzte höllisch. Er setzte sich auf den Bettrand und stöhnte. Verdammt, das Knie! Er betastete es vorsichtig. Es war dick angeschwollen. Das Licht brannte und draußen war es dunkel. Auf der Küchenuhr schob sich der große Zeiger gerade auf zwanzig vor zwölf. Mutter war nicht, wie sie es sonst nach seinen Wutanfällen meist tat, noch einmal bei ihm gewesen, sie hatte ihm nicht die Schuhe ausgezogen, ihn nicht zugedeckt – hatte ihn einfach so liegen lassen! Eine Welle von Selbstmitleid überspülte ihn. Er hätte ihr gern sein Knie gezeigt.

Er raffte sich auf, weil Hunger und Durst ihn quälten. Gestern hatte er außer dem Frühstück den ganzen Tag über nichts gegessen. Er schob den umgestürzten Tisch beiseite und stakste hinkend durch die Scherben. Dass er sich nur nicht auch noch schnitt. Er nahm ein Glas aus dem Küchenschrank, hielt es unter den Wasserkran, trank gierig. Die Taschen mit den Lebensmitteln standen noch unausgepackt neben dem Herd. Nicht mal die Butter hatte Greta in den Kühlschrank getan; das vergaß sie sonst nie. Er fischte sich Wurst aus einem Pergamentpäckchen, riss die Packung mit Schnittbrot auf und nahm sich eine Scheibe, aß heißhungrig, schnitt eine Ecke von der Milchtüte, trank.

Wenn nur der Kopf nicht so schmerzen würde, und das Knie! Er drehte den Wasserhahn noch einmal weit auf und ließ sich den kalten Strahl über den Kopf laufen. Mit dem Küchenhandtuch trocknete er sich ab. Die Nebel verflüchtigten sich aus seinem Gehirn und der Druck hinter den Schläfen ließ nach. Doch jetzt spürte er die Schmerzen im Knie doppelt. Er rollte das Küchenhandtuch zu einem Strick zusammen, hielt es unter das Wasser und wickelte es sich um das Bein. Es rutschte, bis er es fest verknotete. Er ging in den Flur und drückte auf die Klinke zu Gretas Schlafzimmer, wollte ihr nur sagen, was mit dem Knie passiert war, aber die Tür war verschlossen.

Für einen Augenblick kam wieder der Ärger hoch. Benjamin hob die Faust, um gegen die Tür zu hämmern, aber im letzten Moment ließ er den Arm sinken. Plötzlich tat ihm Greta furchtbar Leid, beinahe so Leid wie er sich selbst. Was sie alles ertragen musste! Und dabei war sie zart und dünn wie ein kleines Mädchen. Wie jedes Mal wurde er nach der verpufften Erregung sentimental. Natürlich durfte eine Mutter sich vor ihrem Sohn nicht einschließen! Sicher, er musste sie wohl ziemlich erschreckt haben. Trotzdem, sie wusste doch, dass er es gar nicht so meinte. Andererseits, wenn die Tasse sie getroffen hätte!

Manchmal konnte er Greta nicht ausstehen, wenn sie rumjammerte und klagte, auch weil sie so wenig aus sich machte, nicht ein bisschen schick war wie andere Mütter. Aber dann wieder hatte er sie verdammt gern, wenn sie ihn zudeckte, ihm über den Kopf strich und ihn so traurig ansah mit ihren großen blauen Augen. Außerdem war sie ja die Einzige, die trotz allem immer wieder mit ihm redete.

Er ging in sein Zimmer, wickelte sich eng in eine Decke,

setzte sich auf den Bettrand und starrte vor sich hin. Sie verlangte aber auch zu viel von ihm. Er hätte vielleicht nicht gleich aus der Lehre fortrennen sollen – ihretwegen. Aber man konnte sich doch wirklich nicht alles gefallen lassen. Man hatte doch auch seinen Stolz, das musste sie doch einsehen. Stimmt schon, dass er sich nicht hinterher die Flasche Schnaps hätte zu kaufen brauchen, und auch noch von dem Geld für die Monatskarte, aber das wusste Greta ja noch gar nicht. Was würde sie dazu sagen? Wieder jammern, wieder heulen? Dieses wahnsinnige Schluchzen von ihr hatte ihn ganz fertig gemacht. Da war er ausgeflippt, so was konnte er nicht ertragen. Warum passierte ihm das immer wieder, dass er sie zum Weinen brachte? Früher war es doch ganz anders gewesen, als er aus der Schule gute Zeugnisse mit nach Hause brachte. Damals war sie stolz auf ihn, hatte vor den Nachbarn mit ihm angegeben. Und jetzt? Jetzt lief sie immer ganz rasch durch das Treppenhaus, um niemanden zu treffen, weil sie Angst hatte, dass die Leute sie ansprechen würden. *Was war denn das wieder für ein Lärm gestern Abend? – Sagen Sie, hat er wieder getrunken? – Sie müssen doch was unternehmen, so kann das doch nicht weitergehn! – Wie können Sie so etwas nur aushalten!*

Er schämte sich. Wegen der Nachbarn, wegen Greta, und überhaupt. Aber konnte er denn etwas dafür, dass er so geworden war? Er wollte doch gar nicht so sein. Warum wurde er jetzt mit seinem Leben nicht mehr fertig? Was war los mit ihm?

2

Ungeduldig suchte er im Nachttischkasten nach Zigaretten, fand eine zerdrückte, bog sie gerade und zog schließlich aus dem Durcheinander von Schnürsenkeln, Schrauben, schmutzigen Taschentüchern, Comicheften, Nagelfeilen, Kaugummipackungen und einem Bändchen Gedichte eine Streichholzschachtel. Mit zitternder Hand zündete er sich die Zigarette an und begann hastig und tief inhalierend zu rauchen. Aber der Gedanke war wie ein Ohrwurm, wie ein Lied, das man ständig im Kopf hat, nicht loswird und richtig zu hören meint. Was ist los mit mir? Was ist los mit mir? Was ist los mit mir?

Benjamin musste mit jemandem reden, jemanden fragen, wie er drüber wegkommen könnte. Nicht Mutter, die wusste jetzt selbst keinen Rat mehr. Sie war auch zu böse auf ihn und zu unglücklich. Aber irgendjemanden musste er um Rat fragen, wie es nun weitergehen sollte. Jetzt gleich musste er wissen, was er tun konnte, damit alles wieder in Ordnung käme und damit es würde, wie es früher gewesen war. Er hielt es nicht mehr aus, so allein zu sein mit seinem Problem, ging ins Wohnzimmer, machte Licht, setzte sich auf die Couch neben das Telefon. Wen konnte er anrufen? Erhard? Er hatte lange nichts mehr von Erhard gehört. Es war wohl seine eigene Schuld, weil er sich eine Ewigkeit nicht bei Erhard gemeldet hatte. Aber immerhin, Erhard war schließlich sein bester Freund gewesen. Die Nummer wusste er noch auswendig. Sie hatten ja früher oft genug stundenlang miteinander am Telefon gequatscht, obgleich sie sich jeden Tag in der Schule sahen.

Er wählte, hörte das Tuten. Hoffentlich kam Erhards Vater nicht an den Apparat. Mit dem hatte er sich nie verstanden. Der war immer so autoritär. Wenn Erhards Vater sich meldete, würde er einfach auflegen. Aber da knackte es schon in der Leitung: »Ja?« Das war Erhards Stimme.

»Hier ist Benjamin.«

Eine Weile war Stille, dann: »Du? Jetzt? Ich hab lange nichts von dir gehört. Warum rufst du gerade jetzt an?« Die Stimme klang nicht freundlich.

Benjamin zögerte, wusste nicht recht, wie er anfangen sollte. »Ich wollte mich nur mal wieder melden und ein bisschen reden.«

»Jetzt, um diese Zeit? Mensch, du spinnst wohl! Hast überhaupt Glück, dass ich noch wach bin, aber ich pauke noch für eine Mathearbeit. Die schreiben wir morgen. Ich hab das Telefon in meinem Zimmer, sonst hättest du meine Eltern geweckt.« Erhards Stimme war jetzt ärgerlich.

Benjamin umkrampfte mit der Hand den Hörer. Trotz allem scheute er sich, diese Verbindung mit einer menschlichen Stimme abzubrechen. Er würde dann wieder schrecklich allein sein. »Wie geht es dir denn, alter Junge?«, fragte er mit übertriebener Munterkeit.

Erhard stöhnte. »Also, hör mal, ich hab jetzt einfach keine Zeit dir einen Lebenslauf vorzuklönen. Ich bin echt im Druck wegen Mathe, muss unbedingt noch was tun. Wir müssen jetzt Schluss machen. Außerdem erwarte ich noch einen Anruf. Tschüs denn! Melde dich mal am Tage.«

Stille. Benjamin blieb eine Weile mit dem Hörer in der Hand auf dem Bettrand sitzen. »Ich erwarte noch einen Anruf«, hatte er gesagt. Für jemand anderen hatte er also Zeit, aber nicht für ihn. Aus. Schluss. Es gab keinen Freund Erhard mehr! Wen konnte er denn sonst noch anrufen? Erhard war überhaupt eine Schnapsidee gewesen. Erhard hätte ihm ja doch nicht raten können, er war viel zu jung dazu. Benni brauchte jemand Älteren, jemanden, der schon ein bisschen Erfahrung auf dem Buckel hatte.

Sein früherer Klassenlehrer Telen fiel ihm ein. Der hatte ihn immer gemocht. Vielleicht sogar ein bisschen vorgezogen vor den anderen. Wie war doch sein Vorname? Egon? Stimmt, es war Egon. Ihm fiel ein, dass sie ihn ja immer den *duften* Egon genannt hatten. Er suchte im Telefonbuch, fand den Namen, Studienrat, Tiroler Straße. Das musste er sein. Er wählte. Lange ertönte das monotone Tuten. Nichts anderes. Keine Stimme. Doch als er den Hörer gerade zurücklegen wollte, kam ein verschlafenes »Ja?«

»Hier ist Benjamin.«

Stille. Dann die Frage: »Benjamin? Was für ein Benjamin? Was wollen Sie?«

»Benjamin Hansen. Ich war doch früher in Ihrer Klasse! Ich muss unbedingt mit Ihnen sprechen.«

»Ach, du bist's! Aber jetzt, jetzt willst du mit mir sprechen? Weißt du denn nicht, wie spät es ist? Ich habe schon geschlafen. Und meine Frau auch. Die hast du auch geweckt.«

»Entschuldigen Sie bitte, aber es ist dringend.«

»Na, hör mal, Junge! Es wird doch noch bis morgen Zeit haben. Es muss doch nicht mitten in der Nacht sein. Pass auf, komm morgen um elf in unsere Schule. Von elf bis zwölf habe ich eine Freistunde. Da kannst du mir sagen, was du willst. Aber jetzt geht es wirklich nicht. Geh man selber in die Falle.« Der Hörer wurde auf die Gabel geworfen.

Aus. Stille. Benjamin starrte in das aufgeschlagene Telefonbuch auf seinen Knien. So viele Menschen. Zwei dicke Bücher mit Adressen von Menschen aus dieser Stadt. Frauen, Männer, Junge, Alte, Freunde von Leuten, Bekannte, Geschwister, Väter, Mütter, Großeltern! Für irgendjemanden waren die alle zu sprechen. Wahrscheinlich auch in der Nacht. Für irgendjemanden – aber nicht für ihn. Es gab Tausende von Leuten, aber er war ganz allein. Die Einsamkeit schien ihn wie eine dicke wattierte Wand von der Außenwelt abzusperren. Kein menschlicher Laut war zu hören. Kein Autogeräusch, nichts. Nur das Tuten des Telefons, wenn er den Hörer von der Gabel hob, unpersönlich und erbarmungslos. Die Angst schüttelte ihn, die Angst, ausgesperrt zu sein, fortgeworfen wie ein Stück Abfall, mit dem niemand mehr was zu schaffen haben will. Die anderen, die in dem Buch standen, waren mittendrin, hatten Freunde, Vereine, Familien, Berufe. Zum Beispiel: Tessel, Sabine, Schauspielerin! Und da: Tell, Armin, Dr., Arzt und Orthopäde. Wenn er am Tage zu Dr. Tell in die Sprechstunde ginge, würde er sich mit ihm beschäftigen müssen. Er würde sich wenigstens seinen Rücken angucken, ihm eine Einreibung verschreiben. Doch jetzt? Jetzt gab es niemanden in der ganzen Stadt, der mit ihm reden wollte, ihm seine Angst fortnahm, die Angst, die wie ein großes Tier auf seinem Rücken hockte, die Krallen in ihn schlug, ihn noch umbrachte.

Plötzlich fiel sein Blick auf eine Zeile im Buch: *Telefonseelsorge – Konfliktberatung – Selbstmordverhütung.*

Das klang ein wenig nach Kirche und frommen Sprüchen. Aber Konflikte hatte er ja. Also würden die für ihn zuständig sein. Doch jetzt, in der Nacht? Wahrscheinlich würden sie wie die anderen sagen: »Melden Sie sich morgen. Jetzt wollen wir schlafen.«

Seine Hand zitterte, als er die Nummer wählte. Es dauerte nicht lange, bis auf der anderen Seite der Hörer abgehoben wurde. Eine Mädchenstimme sagte: »Hier ist die Telefonseelsorge.«

Benjamin räusperte sich. »Kann ich mal deinen Chef sprechen?«

»Meinen Chef? Hier gibt's keinen Chef. Was wollen Sie denn? Haben Sie Schwierigkeiten?«

Er wurde ärgerlich: »Klar. Deshalb rufe ich ja an. Ich muss mit jemandem reden. Unbedingt, gleich.«

»Gut, fangen Sie an!«

Er stutzte. »Aber doch nicht mit dir, das hat doch keinen Zweck. Du bist doch viel zu jung, um mir einen Rat zu geben. Du bist doch auch nicht älter als ich.«

»Wie alt bist du denn?«

»Siebzehn.«

Ein kurzes Lachen. »Na, da hab ich aber doch einige Jahre mehr. Ich bin hier leider allein. Niemand sonst ist da, mit dem du reden könntest. Nur ich. Vielleicht versuchst du es mal mit mir. Wenn wir nicht klarkommen miteinander, rufst du morgen wieder an. Am Tage sind mehrere verschiedene Mitarbeiter zu sprechen und morgen Nacht sitzt ein älterer Mann an meiner Stelle.«

Widerstrebend musste er es sich eingestehen: Die sichere, kühle Stimme nahm ihm etwas von seiner Angst. Wahrscheinlich war das Mädchen hübsch. Sollte er einem hübschen jungen Mädchen von seiner Not und seinem Versagen erzählen? Würde sie ihn nicht verachten, denken, er wäre eine Niete?

Die Stimme meldete sich wieder: »Es rufen viele hier an

und erzählen uns ihre Schicksale. So ungewöhnlich wird deins wohl auch nicht sein.«

Er ärgerte sich. »Was denkst du denn? Woher willst du überhaupt was von mir wissen, wenn ich noch gar nichts erzählt habe? Du denkst wohl, ich bilde mir nur was ein, wie? Blöde Kuh!« Ehe sie etwas erwidern konnte, knallte er den Hörer auf die Gabel.

Nun war er wieder allein. Aber plötzlich, trotz des Ärgers, fühlte er sich nicht mehr so einsam. Er wusste, irgendwo in dieser Stadt saß ein Mensch, der bereit war mit ihm zu reden. Sie hatte ihm vielleicht Mut machen wollen zu sprechen. Ob er es doch noch einmal versuchte? Zögernd fing er an zu wählen, dann plötzlich hastig. Dass ihm nur nicht ein andrer zuvorkam!

»Telefonseelsorge.«

»Du, entschuldige! Entschuldige bitte, dass ich . . . Ich . . .«

Sie unterbrach ihn. »Ach lass nur, macht nichts. Wenn du mit mir reden willst: zuhören kann ich bestimmt.«

Wie sollte er anfangen und wo? Was konnte er aussprechen und was musste er besser verschweigen? Würde sie vielleicht weitererzählen, was er ihr berichtete?

Aber da sagte das Mädchen schon: »Du brauchst keine Angst zu haben, dass irgendetwas von hier nach draußen dringt. Wir haben Schweigepflicht und halten sie konsequent ein, den Familienangehörigen gegenüber, Freunden, Arbeitgebern. Auch gegenüber der Polizei.«

Er fuhr auf. »Was denkst du! Mit der Polizei habe ich noch nichts zu tun gehabt! Nur wegen ruhestörendem Lärm . . .«

Als sie schwieg, fuhr er zögernd fort: »Na ja, ich muss dir wohl einiges erzählen. Aber ich weiß gar nicht, wo ich anfangen soll.«

Die ruhige Stimme schlug vor: »Vielleicht ganz am Anfang?«

3

Der Anfang – wann war denn das? Hatte es schon vor seiner Geburt angefangen? In dem Artikel einer Zeitschrift stand, dass man so was erben kann. Doch niemand wusste etwas von einem Trinker in der Familie. Greta mochte keinen Alkohol, ihr wurde von einem halben Glas Wermut schon übel und schwindlig. Der Vater trank nur ein bisschen, manchmal bei Betriebsfesten zum Beispiel. Benjamin kann sich nur an ein einziges Mal erinnern, dass er voll war. Das war allerdings schrecklich. Der Vater kam betrunken nach Hause und verlangte von der Mutter noch ein Bier. Als sie ihm das nicht geben wollte, ging er mit erhobenen Fäusten auf sie los und schlug sie ins Gesicht. Dann, als er den Bluterguss um das Auge sah, klappte er zusammen, sackte auf den Küchenschemel und fing an zu weinen. Mutter weinte auch, und vor allem Benjamin.

»Ich war damals ja noch sehr klein, aber ich weiß ganz genau, was für eine furchtbare Angst ich hatte. Vater war von einem freundlichen, starken Beschützer erst zu einem bösen und dann zu einem schwachen Mann geworden.«

Wenn der Vater von der Arbeit nach Hause kam, riesig, schwarzhaarig, mit struppigen Augenbrauen und lauter Stimme, rief er dröhnend nach dem Jungen, packte ihn, wirbelte ihn herum und warf ihn lachend in die Luft. Dann bekam Benjamin Angst und musste weinen. Der Vater wurde böse, stellte ihn auf den Fußboden und kümmerte sich den ganzen Abend nicht mehr um ihn.

Viele Erinnerungen hatte er nicht an seinen Vater. Von manchem wusste er nicht, ob es eine Erinnerung war oder ob Greta es ihm erzählt hatte. Benjamin war fünf Jahre alt, als der Vater starb. Als Lokomotivführer hatte er eine Lok inspiziert, die plötzlich losrollte und ihm ein Bein abfuhr. Nach einer qualvollen Woche im Krankenhaus war er dann gestorben. Greta hatte das Kind bei der Großmutter untergebracht, die damals noch lebte. Sie machte ihm Kakao, buk Plätzchen und er musste viel zusammen mit ihr für den Vater beten. Eines Morgens sagte sie zu Benjamin: »Dein Vater ist jetzt im Himmel bei den lieben Engeln!«

»Wird er nun auch ein Engel?«, fragte der Junge.

Die Großmutter nickte. Benjamin konnte sich den schweren Mann mit den struppigen Augenbrauen in seiner schwarzen Eisenbahnuniform, die jetzt ein leeres Hosenbein hatte, nur mühsam als Engel vorstellen.

»Ich war nicht sehr traurig, weißt du? Ich brauchte jetzt keine Angst mehr vor ihm zu haben,und Greta hatte ich nun ganz für mich allein!«

Sie sah blass und dünn aus und trug hässliche, schwarze Kleider, aber sie schimpfte nie mit Benjamin, kaufte ihm Spielzeug und Schokolade und ließ ihn aufbleiben, so lange er wollte. Der Vater war nicht lange Lokomotivführer gewesen, und die Rente, die sie bekam, war nur mäßig. Mutter musste arbeiten und ging in ihren früheren Beruf zurück. Sie war schließlich viel von zu Hause fort und hatte wenig Zeit für Benjamin. Zuerst blieb er bei Frau Gerber, der Nachbarin, bis Greta nach Hause kam, auch später, wenn er aus dem Kindergarten und schließlich aus der Schule kam. Frau Gerber kochte ihm ein viel zu fettes Essen und war beleidigt, wenn es ihm nicht schmeckte. Die Reste bekam ihr dicker Kater, der, wenn er nicht fraß, zusammengerollt im bequemsten Sessel lag und Benjamin mit großen grünen Augen missbilligend betrachtete. Frau Gerber saß im anderen bequemen Sessel und schaute Zeitschriften an. Jedes Mal, bevor sie eine Seite umwandte, befeuchtete sie mit spitzer Zunge Zeigefinger und Daumen. Benjamin sollte möglichst brav und still an einem Tischchen in der Ecke sitzen, mit Lego-Steinen bauen oder Bilderbücher ansehen. Wenn er herumlaufen oder auf die Straße gehen wollte, wurde sie ärgerlich, senkte den Kopf, schaute ihn über ihre Brille hinweg an, streichelte zärtlich ihr eigenes dauergewelltes Haar und klagte mit hoher, zwitschernder Stimme, wie verwöhnt Benjamin doch sei und dass seine Mutter ihm alles durchgehen ließe.

Das stimmte schon: Wenn Greta von der Arbeit nach Hause kam, wollte sie ihre Ruhe und keinen Ärger mit einem quengelnden Kind haben. Außerdem tat er ihr Leid, weil sie so viel von ihm fort sein musste. Sie ließ ihn deshalb machen, was er wollte. Er konnte essen, wann und worauf er Lust hatte, und fernsehen bis tief in die Nacht hinein. Greta hatte es sogar gern, wenn er dabei neben ihr saß und mit ihr zusammen über irgendeinen Unsinn lachte. Manchmal schlief er im Sessel ein und sie trug ihn ins Bett. Wenn er sich ein teures Spielzeug wünschte, sparte sie, bis sie es kaufen konnte, und brachte es ihm schließlich an irgendeinem Tag in der Woche mit. »Warum warten Sie damit nicht bis zu seinem Geburtstag?«, zwitscherte Frau Gerber und schüttelte missbilligend ihre Dauerwellen, die sie gleich darauf wieder zärtlich glättete.

Immer hatte sie an Benjamin herumzunörgeln, und er war froh, als er groß genug war, dass er einen Schlüssel um den Hals gehängt bekam und sich selbst sein Essen warm machen konnte, froh, dem fetten Fleisch, dem Katzengeruch und der ewigen Kritik nicht mehr ausgesetzt zu sein. Auch die Nachbarin war froh, dass er nicht mehr kam, denn sie hatte nie viel mit ihm anfangen können.

Greta war im Büro sehr angesehen. Sie arbeitete fleißig und ertrug die Launen des Chefs, ohne zu murren, aber abends war sie erschöpft und ließ es deshalb gerne zu, dass Benjamin bestimmte, was sie kochen sollte und was für die Wohnung Neues anzuschaffen war. Wenn sie ihm nicht widersprach, verstand Benjamin sich mit ihr sehr gut.

»Eigentlich war sie mehr meine kleine Schwester als meine Mutter. Sie wollte auch immer Rat von mir, wenn sie sich über ihren Chef ärgerte.«

In der Schule fiel es Benjamin damals nicht schwer. Er war in Deutsch und Englisch gut und galt in Mathematik als ein As. Darin war er mit Abstand der Beste in der Klasse. Den Sprung ins Gymnasium schaffte er mühelos. Doch dann, so mit vierzehn Jahren, klagte er zunehmend über Rückenschmerzen. Der Arzt schrieb ihm Massagen auf, die nicht halfen. So schickte er Benjamin schließlich zur Orthopädischen Abteilung der Universitätspoliklinik. Man machte dort Blutuntersuchungen und röntgte ihn von allen Seiten. Endlich stellte man eine Knochenerkrankung fest, einen *Scheuermann*, eine Krankheit, die den seltsamen Namen von ihrem Entdecker hat und bei der die Knochen der Wirbelsäule weich und verbiegbar werden. Es besteht dabei die Gefahr, dass sich ein Buckel oder eine Schiefhaltung des Rückens bildet.

Ein Vierteljahr lang musste Benjamin im Krankenhaus liegen, zuerst im Gipsbett. Er kam sich vor wie ein Fakir. Später gab man ihm ein richtiges Bett mit einem Brett unter der Matratze. Er erhielt Bäder und Massagen, durfte ein wenig herumlaufen und kurze Zeit sitzen – aber mehr nicht. Er langweilte sich fürchterlich. Am Anfang bekam er in der Klinik viel Besuch von Klassenkameraden und

Fußballfreunden. Sogar sein Klassenlehrer erschien und brachte ihm ein dickes Buch über Sven Hedin. Doch die Besuche wurden seltener und seltener und hörten schließlich ganz auf.

»Ich war wie weg vom Fenster, weißt du, und fühlte mich ekelhaft. Dabei konnte ich es ihnen nicht einmal übel nehmen. Sie hatten ihre Schule, ihre Sportveranstaltungen, die Feste. Sie wollten ins Kino gehen und manchmal hatte die Familie was mit ihnen vor, klar!«

Benjamin erinnerte sich, dass es ihm selbst als Besucher einmal so gegangen war. Er hatte einen Freund, der an einer schweren Blutkrankheit litt und schließlich auch daran starb. Benjamin hatte ihn zuerst fast täglich besucht, dann seltener und schließlich überhaupt nicht mehr. Jetzt wusste er, wie man sich als Kranker dabei fühlt: beschissen!

Zu dieser Zeit lag Benjamin auf der Kinderstation. Das Geschwätz und Geplärr der Kleinen störte ihn beim Lesen und beim Radiohören. Das Licht wurde sehr früh ausgelöscht. Er wälzte sich dann schlaflos in seinem Bett und quälte sich mit der Frage, ob er jemals wieder ein normales Leben führen würde.

So war er froh, als man ihn auf die Männerstation verlegte. Allerdings musste er mit fünf anderen Männern das Zimmer teilen. Aber das Leben schien hier interessanter und vergnüglicher zu sein. Die Zimmergenossen waren zwischen zwanzig und fünfzig Jahre alt. Alle lagen schon längere Zeit im Krankenhaus und sollten noch nicht so bald entlassen werden. Einer von ihnen hatte einen komplizierten Beinbruch, ein anderer eine Knocheneiterung am Arm. Er lag im Bett neben Benjamin. Beim Verbinden kam aus seiner Richtung ein widerlich süßlicher Gestank. Benjamin drehte sich dann zur Seite, weil ihm übel wurde.

Doch sonst war der mit dem Arm für die Zimmergenossen sehr nützlich. Er konnte herumlaufen, trieb sich viel auf der Station und in anderen Abteilungen des Krankenhauses herum und brachte ihnen unterhaltenden Klinikklatsch ins Zimmer. Er schäkerte mit den Schwestern und erzählte danach von seinen unglaublichen Heldentaten als Frauenanmacher. Eines Tages entdeckte er, dass ihn niemand daran hinderte, auf die Straße hinunterzugehen, obwohl das verboten war. Von nun an machte er draußen kleine Besorgungen für die Zimmergenossen.

Benjamin versuchte zu lesen, aber die anderen hatten das Radio an und unterhielten sich laut über Dinge, die er nicht überhören konnte und die ihm rote Ohren machten. Als die Männer merkten, dass es ihm peinlich war, drehten sie umso mehr auf mit ihren Sexwitzen und Angebereien, was sie mit Frauen alles getrieben hätten.

»Na, Kleiner, hast du auch schon was erlebt?«, fragten sie ihn. Und er nickte hastig, obgleich das nicht stimmte. Sie grölten: »Erzähl mal, Kleiner!« und grölten noch mehr, als er den Kopf schüttelte. »Unser Gänseblümchen!«, rief der mit dem Beinbruch. »Pass auf, wir werden hier aus dir einen Mann machen!«

Und dann erzählten sie wieder Witze, doch die Witze waren immer dieselben, man langweilte sich. Die Männer bekamen schlechte Laune und fingen an sich zu streiten. Eines Abends kam der mit dem Arm auf die Idee, von draußen heimlich Alkohol hereinzubringen. Jeden Abend nach dem Bettenmachen packte er seine Plastiktüte aus. Die Männer griffen gierig nach den Bierflaschen, öffneten die Kronenkorken mit den Zähnen und tranken glucksend.

Benjamin schaute ihnen zu, einerseits entsetzt, dass sie Verbotenes taten, und mit Angst, dass die Nachtschwester auftauchen könnte, andererseits voller Bewunderung für die tollen Kerle, die machten, was sie wollten. Sie wurden laut und ausgelassen und vom Nebenzimmer klopften andere Patienten an die Wand. Die Tür hatte der mit dem Arm abgeschlossen. Wenn die Nachtschwester tatsächlich an der Klinke rüttelte und rief: »Machen Sie sofort auf, ich hole sonst den Arzt!«, verschwanden die Bierflaschen rasch in Schränken und Betten. Der mit dem Arm öffnete und flötete: »Entschuldigen Sie, Schwesterchen, ich befand mich gerade im Adamskostüm und wollte das einer Dame nicht zumuten!«

An einem späteren Abend packte der mit dem Arm außer Bier auch noch ein paar Flaschen mit billigem Schnaps aus der Plastiktüte. »He, das wird die Taufe von unserm Gänseblümchen werden!«, schrie der mit dem Beinbruch.

Das meinten die anderen auch.

Benjamin wehrte sich zuerst, doch sie flößten ihm gewaltsam Bier ein. Es schmeckte ihm gar nicht, aber weil er nicht unmännlich scheinen wollte, trank er weiter, schließlich auch von dem Schnaps und wieder Bier und wieder Schnaps. »Alle Achtung!«, rief der mit dem Beinbruch anerkennend.

»Da war ich echt stolz, das kannst du mir glauben. Es war, als wenn ich 'nen Ritterschlag bekommen hätte. Doch dann musste ich kotzen.«

Er hing über dem Bettrand und spuckte sich die Seele aus dem Leibe. Die Männer fanden das furchtbar komisch, schrien vor Lachen und grinsten, als die Nachtschwester auf ihr Klingeln hin kam. »Der Kleine hat sich den Magen verdorben. Wahrscheinlich an eurem miesen Gulasch von heute Mittag!«

Zornig und misstrauisch schnüffelnd wischte die Schwester den Fußboden sauber und öffnete das Fenster. Den ganzen nächsten Tag über fühlte sich Benjamin krank. Nie wieder Alkohol!, dachte er, wühlte seinen schmerzenden Kopf in die Kissen, stöhnte, und als der mit dem Arm ihm einen Schnaps anbot, wehrte er entsetzt ab. »Mensch, trink, du Idiot«, sagte der, »du wirst sehen, dann geht's dir wieder besser!«

Und so war es dann auch. Ein paar Abende boten sie ihm erneut Bier an. Als er den Kopf schüttelte, zogen sie ihn auf: »Unser Jüngelchen, unser Kopfkissenzerwühler, unser Hosenscheißer!«

»Das konnte ich natürlich nicht aushalten, ich kam mir vor wie ein Säugling. Da hab ich wieder getrunken, nicht so viel wie beim ersten Mal, und plötzlich hat's mir richtig Spaß gemacht.«

Ja, alles war leichter und weniger langweilig. Er fand nun auch die Witze der Stubengenossen nicht mehr so blöd und wurde richtig vergnügt. Wenn er jetzt am Tage in seinem Bett lag und ihn alles anödete, freute er sich auf den Abend. Mehr und mehr wurde er gierig nach einer Flasche Bier oder einem Schluck Fusel. Die Welt schien danach in Ordnung zu sein.

Sie waren eine wirklich fidele Runde und hielten zusammen wie Pech und Schwefel. Benjamin gehörte zu ihnen und fühlte sich männlich und verwegen. Manchmal hatten sie Krach mit den Schwestern, weil die Patienten in den Nebenzimmern nicht schlafen konnten. Eines Tages wurde der mit dem Arm erwischt, als er eine Plastiktüte voll Flaschen hereinschmuggeln wollte. Die Schwestern machten ein großes Geschrei und schleppten ihn bis zum Chefarzt. Der entließ ihn sofort. An diesem Abend herrschte im Zimmer bei den anderen große Niedergeschlagenheit. Auch Benjamin hatte das Gefühl, dass man es hier nicht aushalten konnte, ohne sich ab und zu mit einem Schluck Schnaps etwas aufzumuntern.

Schließlich half ihnen die Freundin von dem mit dem Beinbruch. Sie war blond und dick. Wenn sie mit wippendem Busen und wiegenden Hüften auf hohen Absätzen dahergetrippelt kam, schnalzten die Männer vor Begeisterung mit der Zunge. Ihr Gesicht war rund und dümmlich, und keiner konnte ahnen, wie faustdick sie es hinter den Ohren hatte. Sie hockte bei den Schwestern, schwatzte mit ihnen und beklagte sich über ihren Freund. Sie dankte ihnen überschwänglich, wenn die sie getröstet hatten, und so achteten die Schwestern schließlich nicht mehr darauf, was die Frau in ihrer schweren Tasche, aus der oben brav ein Strickzeug schaute, in das Zimmer hineinschleppte. War die Luft rein, holte die Dicke rasch die Flaschen hervor und ließ sie, flink wie ein Taschenspieler, in den Schränken und Koffern der Männer verschwinden. Schwestern und Ärzte wunderten sich nur, wie es den Männern immer wieder gelang, sich zu betrinken. So schnell wie möglich wurden sie alle entlassen.

Als Benjamin wieder zu Hause war, fand er sich nicht mehr zurecht. Er war ein anderer geworden.

»Weißt du, ich hatte manchmal richtig Sehnsucht nach den Männern, hatte mit denen so viel besser reden können als jetzt mit meiner Mutter! Hier kam mir alles so bekloppt und eng und bürgerlich vor.«

Außerdem fehlte ihm der Alkohol. Er sollte jetzt wieder zur Schule gehen, wollte ja das Abitur machen und vielleicht Arzt werden. Vor allem wollte Greta das gern. Doch von nun an ging alles schief. Er hatte viel in der Schule versäumt, während seiner Krankheit. Erhard, sein bester Freund, versuchte ihm zu helfen, aber Benjamin konnte es nicht ertragen, dass Erhard ungeduldig wurde und überlegen tat. Wenn Benjamin andeutete, dass er in anderer Beziehung Dinge erfahren hatte, von denen Erhard keine Ahnung hatte, glaubte Erhard, er wolle sich aufspielen. Sie verstanden sich nicht mehr. Die Freundschaft ging nicht gerade in die Brüche, aber sie sahen sich in ihrer Freizeit seltener und trafen schließlich nur noch in der Schule zusammen.

Benjamin versuchte allein, das Versäumte nachzuholen, doch er schaffte es nicht und schrieb eine Fünf nach der anderen. Sein Klassenlehrer gab ihm die Adresse eines Nachhilfelehrers, aber Benjamin ging nicht hin, weil er sich schämte. Er wurde in der Schule immer schlechter und kam sogar in Mathe auf eine Fünf. Als es sich schließlich abzeichnete, dass er sitzen bleiben würde, ging er lieber von der Schule ab. Es war eine schlimme Zeit. Seine Zukunftspläne waren über den Haufen geworfen.

»Alles im Eimer. Ich wusste echt nicht mehr, was ich anfangen sollte. Fühlte mich so mies und klein. Totaler Versager. Da blieb nur noch eins übrig: Saufen!«

Er trank bis zur Bewusstlosigkeit. Wenn Greta abends nach Hause kam, lag er auf dem Sofa, nicht ganz bei sich, mit rasenden Kopfschmerzen, schwitzend und zitternd und heulend vor Depressionen. Greta setzte sich dann in den Sessel neben ihn, heulte auch und jammerte.

Ihr Jammern konnte er am allerwenigsten ertragen. Er wurde wütend über sie, über sich und über sein ganzes Schicksal. Er schämte sich. Wut und Scham konnte er nur vergessen, wenn er wieder trank. Es war ein ewiger Kreislauf.

Schließlich rief Greta einen Onkel, einen Bruder des Vaters, zu Hilfe. Er kam aus Westdeutschland nach Berlin angereist und machte sich wichtig: »Hör mal, du gehst drauf bei der Sauferei. Und deine Mutter geht auch drauf. Du musst was tun!«

»Es kotzte mich an, wie er so klug laberte und wie er Greta behandelte, so mitleidig, als wenn ich schon gestorben wär.«

Immerhin meldete der Onkel Benjamin in einer Nervenklinik zur Entziehungskur an. Weil damals noch alles im Anfang war, ging es ganz schnell, dass Benjamin trocken wurde. Nach drei Wochen entließen sie ihn wieder.

»Siehst du«, sagte der Onkel zu Greta, »so muss man die Sache anpacken!« Er hatte Benjamin unterdessen auch eine Lehrstelle verschafft bei einem Zahntechniker und fuhr nun beruhigt wieder nach Hause.

Bei dem Zahntechniker machte es Benjamin zuerst Spaß. Er hatte geschickte Hände und liebte das Material, mit dem sie arbeiteten: Keramik, Kunststoff, Stahl und Gold. Aber dann bekamen sie im Labor einen neuen Meister, und Benjamin glaubte, dass er ihn nicht leiden könne. Der Mann behauptete, Benjamin sei nicht exakt genug in seiner Arbeit und zu unordentlich. Es war reine Schikane, das sagten die anderen Lehrlinge auch. Benjamin litt sehr darunter. Als er einmal nach einem Streit mit dem Meister tief deprimiert nach Hause ging, traf er den mit dem Arm aus der Klinik. »Was machst du denn für ein Gesicht? Du brauchst eine Aufheiterung!«, grinste der Mann und nahm ihn mit in eine Kneipe. Sie standen bis zwölf Uhr nachts an der Theke und soffen. Als Benjamin nicht mehr stehen konnte, schleppte der Mann ihn nach Hause, lehnte ihn an die Haustür, klingelte und lief schnell fort.

Als Greta öffnete, fiel Benjamin ihr entgegen. Sie war erschrocken und verzweifelt, dass er wieder getrunken hatte, aber doch erleichtert, dass ihm sonst nichts passiert war. Am nächsten Tag war ihm so schlecht, dass er nicht arbeiten konnte. Nach einer Woche ging er dann wieder ins Labor, aber weil die Sache mit dem Meister immer schlimmer wurde, gab er es denn schließlich auf.

Zuerst war keine neue Lehrstelle zu finden. Da fing er wieder an zu trinken. Dann bekam er Arbeit in einem Fotoladen. Doch auch das ging schief und schließlich landete er auf dem Bau. Die tranken da alle, und Benjamin war nun ständig angetrunken. Einmal fiel er vom Baugerüst, verletzte sich zum Glück aber nicht. Sie entließen ihn dann wegen »fortgesetzter Trunkenheit während der Arbeitszeit«. Die anderen tranken genauso viel, doch er konnte wohl weniger vertragen. Dann versuchte er noch einmal eine Entziehungskur und noch zweimal neue Lehrstellen, als Elektriker und Schaufensterdekorateur.

»Aber ich kriegte nichts mehr in den Griff. Und wenn wieder was schief gegangen war, musste ich eben saufen. So wie jetzt auch. Nicht weil's so gut schmeckt, sondern weil ich dann nicht immer denken muss, was ich für eine Flasche bin!«

4

Benjamin war erschöpft, als er nach einer halben Stunde seine Geschichte beendet hatte. Er hatte zögernd erzählt, mit Pausen. Das Mädchen fragte wenig, höchstens mal »Ja, und?« oder wenn sie akustisch etwas nicht verstand. Sie wollte alles ganz genau wissen, das merkte er, aber sie fragte ihn nicht aus. Er brauchte nur zu erzählen, was er wollte. Das fand er gut. Eigentlich war ihm schon viel wohler, als er alles erzählt hatte, aber er wollte ja einen Rat haben. Und als sie zum Schluss sagte: »Es ist noch gar nicht raus, dass du eine Flasche bist, hast halt Pech gehabt!« und dann schwieg, fuhr er sie an: »Aber was soll ich denn jetzt machen? Wie soll's denn weitergehen? Gib mir doch einen Rat! Dazu seid ihr doch da!«

»Ich will versuchen dir einen Rat zu geben«, sagte sie ruhig, »aber du hättest bestimmt nichts davon, wenn ich dich jetzt gleich mit Vorschlägen überfalle, ohne die Sache richtig durchdacht zu haben. Ich will es auch erst noch mal mit unserem Kreis hier besprechen.«

Er fragte misstrauisch: »Warum denn? Ich bin dir wohl ein zu schwieriger Fall! Ziemlich hoffnungslos, was?«

»Ach, hör auf, dich selber zu bemitleiden«, sagte sie plötzlich ungeduldig, »wir haben in unserem Kreis eine Ärztin, einen Juristen und andere Fachleute, die können bestimmt Vorschläge machen, auf die man als Laie gar nicht kommt. Ich rate dir, morgen erst einmal wieder zur Arbeit zu gehen.«

»Das geht nicht. Der Abteilungsleiter hat mich rausgeschmissen.«

»Kann er das denn überhaupt? Da muss ich mich erst mal erkundigen.«

»Ach, lass nur. Ich will ja auch gar nicht mehr dahin!«

Sie fragte kühl: »Machst du es dir nicht ein bisschen zu leicht?«

»Vielleicht«, sagte er trotzig, »aber ich bin nun mal so. Ich kann nicht vor jemandem auf dem Bauch kriechen, der mich so angeschissen hat.«

Das Mädchen ging auf seine Behauptung nicht weiter ein. »Ich mache dir folgenden Vorschlag«, sagte sie bestimmt. »Ich sprech das mit unseren Leuten durch und du kannst morgen Nachmittag bei uns anrufen. Dann werden wir dir sagen, was wir dir raten.«

»Bist du dann am Apparat?«

»Nein, ich bin erst wieder Freitagnacht zu sprechen. Wenn du unbedingt nur mit mir reden willst, musst du bis Freitag warten. Kannst du das?«

»Ich denke schon. Wenn du mich nicht vielleicht abgeben willst an jemand andern! Vielleicht willst du gar nicht weiter mit mir reden?«

Sie sagte ruhig: »Ach, quatsch keinen Blödsinn. Dann sprechen wir uns also in der Nacht vom Freitag zum Sonnabend. Mitternacht.«

»Ja – aber wart mal einen Augenblick! Ich heiße übrigens Benjamin. Und du?«

Das Mädchen zögerte. »Ist das wichtig?«

»Natürlich, ich muss doch wissen, dass ich am Freitag mit dir rede und nicht einfach nur mit irgendeiner Stimme.«

»Na schön, ich heiße Ruth.«

Benjamin legte den Hörer behutsam auf die Gabel. Ruth. Das war schon toll gewesen, wie die zuhören konnte! Obwohl sie gar nicht viel redete, war sie immer da, ganz wach und interessiert. Das hatte er deutlich gemerkt. Und wenn sie etwas sagte, war das sicher und bestimmt. Die wusste Bescheid, hatte keine Angst vor dem Leben, machte garantiert alles richtig. Freitagnacht – das waren noch drei Tage und zwei und eine halbe Nacht.

Er ging noch einmal in die Küche und trank ein Glas Milch. Er fühlte sich unendlich schlapp und erschöpft, aber trotzdem war ihm besser zu Mute. Er versuchte, ein bisschen aufzuräumen, stellte den Tisch auf die Beine, kehrte die Scherben zusammen. Doch als er den zerbrochenen Stuhl sah, gab er es auf und räumte stattdessen Gretas Einkaufstasche aus. Das machte er sorgfältig und bedacht, legte Käse, Wurst und Milch in den Kühlschrank, das Brot in den Brotkasten, stellte die Tüten mit Mehl und Zucker, die Büchsen und das Gemüse in die Speisekammer. Er wischte ein paar Tropfen Milch fort und hängte die Einkaufstasche an den Haken. Wenn er wollte, konnte er richtig ordentlich sein. Das gab ihm dann eine große Befriedigung. Um die übrige Unordnung in der Küche kümmerte er sich allerdings nicht mehr. Er war plötzlich todmüde, ging in sein Zimmer, zog sich aus, ließ sich ins Bett fallen, rollte sich auf die Seite, stopfte das Kopfkissen unter die Backe und schlief sofort ein.

Am nächsten Morgen rüttelte Greta ihn wach. »Was hast du wieder mit der Küche gemacht!«, fauchte sie ihn an. Aber ihre zornige Stimme ging in das Gejammer über, das er noch weniger vertragen konnte. »Alles kaputt . . . Warum hast du nur . . . auch mein Kissen . . . Warum . . .«

Er drehte ihr den Rücken zu, zog sich die Decke über den Kopf und presste das Kopfkissen auf das freie Ohr. Er schlief bis gegen Mittag, stand dann schwerfällig auf und schlurfte in die Küche. Greta hatte notdürftig aufgeräumt.

Der kaputte Stuhl war in die Ecke geschoben, das zerrissene Kissen lag auf dem Sofa, die Federn waren aufgefegt worden und auch die Scherben. Nur den Henkel der Kaffeekanne hatte die Mutter übersehen. Benjamin stieß ihn mit der Fußspitze fort. Ob sie ihm was zu Mittag gekocht hatte? Nein, die Töpfe auf dem Herd waren alle leer. Er hatte gar keinen Hunger, aber er ärgerte sich, dass sie ihn einfach so hängen ließ. Er öffnete den Kühlschrank. Ein paar Eier konnte er sich in die Pfanne schlagen, doch dann warf er die Kühlschranktür wieder zu. Er hatte keine Lust etwas zu essen, aber Durst hatte er. Nicht auf Milch, nein, nicht auf Milch. Er musste seinen Ärger auf Greta runterspülen. Schließlich war sie doch seine Mutter und hatte, verdammt noch mal, zu ihm zu halten, auch wenn ihm wieder so was passiert war!

Er wusste gar nicht mehr so richtig, was ihm eigentlich gestern passiert war, warum er wieder getrunken hatte. Er machte sich eine Tasse Kaffee, trank langsam, dann fiel's ihm wieder ein: Ärger im Geschäft. Und das Ausflippen kam durch Gretas Gejammer. Aber noch später, was war noch später gewesen? Er hatte Leute angerufen, mitten in der Nacht, seinen früheren Freund, seinen früheren Lehrer. Die waren sauer gewesen, wollten nichts mehr mit ihm zu tun haben. Dann hatte er noch jemanden angerufen, mit noch jemandem gesprochen.

Plötzlich war alles wieder klar: Er hatte mit einem Mädchen gesprochen, das Ruth hieß. Sie hatte gesagt, dass sie ihm helfen wollte. Ob sie ihm wirklich helfen konnte? Er stand auf, ging ans Fenster, schaute hinaus, sah aber nichts von der Sonne, die eben durch die Regenwolken brach, nichts von der Frau, die gegenüber ihre Fenster putzte, nichts von dem alten Mann mit seinem Hund unten auf der Straße. Er starrte blicklos, überlegte. Sollte er das

Mädchen wieder anrufen? Würde es einen Sinn haben? Er schwankte zwischen Hoffnung und Resignation. Dann zuckte er die Schultern. Es würde ja doch nur wie immer sein. Gerede! *»Nimm dich zusammen!«* oder *»Halt endlich mal durch!«* oder *»Keinen Tropfen Alkohol mehr!«* Das kannte er schon alles bis zum Erbrechen. Aber wie man das fertig kriegte, dieses Zusammennehmen, Durchhalten, Trockenbleiben – das sagten sie einem nicht, die großen Redner. Der Pfarrer, der Onkel, der Arzt, die Guttempler . . . Und auch diese Ruth würde es ihm nicht sagen. Er hatte ihr so viel von sich erzählt, dass er sich jetzt schämte. Immer musste er sich schämen, vor allen Menschen. Nur wenn er getrunken hatte, schämte er sich nicht – dann fühlte er sich wichtig und groß.

Er musste jetzt etwas trinken, suchte in seinen Taschen Geld, drehte die Jackentaschen um, klopfte auf die Hosentaschen. Nichts. Er hatte gestern alles ausgegeben. Ob er bei Greta noch etwas fand? Das Küchenportmonee war leer. Er fing an zu suchen, in der Kommode, im Nähtisch, wühlte in ihrer Wäsche, suchte im Schrank. Dort, ganz hinten, unter einem ihrer Hüte, fand er einen Pappkarton mit Taschentüchern und darunter zwanzig Mark. Er kicherte. Wie raffiniert sie das versteckt hatte! Aber sie konnte ihn nicht austricksen. Er steckte das Geld in die Hosentasche und lief die Treppe hinab, um sich eine Flasche Korn zu kaufen.

Eine Woche verging, die sich wieder einmal wie ein Alptraum abspulte. In den ersten Tagen Zustände, schwankend zwischen betrunkener Hochstimmung, dumpfem, schwerem Schlaf und elendem Erwachen, später, als kein

Geld mehr da war für neuen Stoff, mit Schweißausbrüchen, Zittern, Kopfschmerzen, Übelkeit und schlechtem Gewissen Greta gegenüber, die nicht mit ihm sprach, ihm abends nur stumm das Essen hinsetzte. Beim Fernsehen saß sie tief in ihrem Sessel verkrochen und gab keine Kommentare an ihn weiter wie sonst, was ihn oft gestört hatte. Jetzt sehnte er sich richtig danach, ihre Ausrufe zu hören: *Wie findest du das, Benni? – Der Kommissar ist wirklich doof! – Er müsste doch den Mörder schon längst* . . . Jetzt redeten nur die Leute aus dem Kasten, aber zwischen Greta und Benjamin stand Schweigen.

Am Tage verfiel er tödlicher Langeweile. Er versuchte zu lesen, konnte aber nicht bei der Sache bleiben, seine Gedanken schweiften dauernd ab. Er saß irgendwo herum und starrte trübe vor sich hin, sehnte sich verzweifelt danach, mit jemandem zu sprechen.

Es war am Freitagmittag der nächsten Woche, als er zum Kiosk an der Ecke ging, um sich Zigaretten zu holen, obwohl er kein Geld hatte. Die nette alte Verkäuferin dort, der er Leid tat, gab ihm auf Pump. Als er die Schachtel in die Tasche schob, sah er plötzlich auf der anderen Straßenseite Erhard gehen. »Melde dich mal am Tage«, hatte Erhard gesagt.

»Erhard!«, rief Benjamin. »He, alter Kumpel!« Aber der hörte ihn nicht, ging weiter die Straße hinab in Richtung S-Bahn. Benjamin lief rasch über den Damm.

»Erhard!«, rief er noch einmal. Doch plötzlich merkte er, dass Erhard seine Schritte beschleunigte. Er musste ihn gehört haben, aber er *wollte* ihn nicht hören.

Er wollte vor allem nicht mit ihm sprechen. Benjamin blieb stehen. Nein, Erhard wollte nicht und Greta wollte nicht. Niemand wollte mit ihm sprechen.

Er stieg langsam die Treppe zur Wohnung hinauf, schloss

auf, ging ins Wohnzimmer, ließ sich auf einen Stuhl am Tisch fallen. Vorhin hatte er sich auf eine Zigarette gefreut, jetzt war ihm die Lust dazu vergangen. Benjamin griff den Stift und malte auf das oberste Blatt Kringel und kleine Männchen, schließlich Buchstaben, langsam und sorgfältig: *Ich bin allein!* Er betrachtete die Seite, blätterte das nächste Blatt auf, schrieb wieder: *Ich bin allein!* und weiter, immer rascher, fast wütend auf jedes folgende Stück Papier: *Ich bin allein! Ich bin allein! Ich bin allein!,* bis keine Seite mehr frei war.

Dann saß er und horchte in die stille Wohnung hinein. Kein Geräusch, kein Laut – nur das gleichmäßig schmatzende Tropfen des Wasserhahns in der Küche, den er nicht fest zugedreht hatte. Aber keine Stimme, keine menschliche Stimme, die er jetzt so dringend brauchte! Es trieb ihn fast in Panik, dass sich der Gedanke wie ein Rad ständig in seinem Kopf drehte: Niemand will mit mir sprechen!

Doch plötzlich stand das Rad still. Jemand hatte vor kurzem gesagt: »Wenn du mit mir reden willst – zuhören kann ich bestimmt!«

Ruth! Er lief zum Abreißkalender an der Wand, schaute nach. Ja, heute war wieder Freitag. Er sah auf die Uhr, kurz vor drei, er zählte an den Fingern ab – noch neun Stunden, neun lange Stunden. Konnte er die ertragen? Aber vorhin hatte er geglaubt, es würde nie wieder jemand mit ihm reden, jetzt wusste er, dass er in neun Stunden erzählen und fragen konnte und jemand ihm antworten würde. Er atmete tief und befreit. Natürlich würde sie sauer sein, dass er sich nicht, wie abgesprochen, früher gemeldet hatte. Doch das war ihm jetzt egal. Ganz gleich, *was* jemand zu ihm sagte und *wie,* Hauptsache, dass da wieder eine menschliche Stimme war, die ihn erreichen wollte.

Greta sah ihn verwundert an, dass er gegen elf Uhr, als

sie sich erhob, um ins Bett zu gehen, vor dem Fernsehapparat sitzen blieb. Das war sonst nicht seine Art. Meist verschwand er schon vor ihr in seinem Zimmer. »Ich will da noch was sehn!«, murmelte er. Das war eine gute Idee. Wenn sie ihn später reden hörte, würde sie denken, es käme aus dem Fernseher, und nicht merken, dass er telefonierte.

Um Mitternacht wählte er hastig die Nummer der Telefonseelsorge. Zu seinem Schrecken ertönte das Besetztzeichen. Da war ihm jemand zuvorgekommen. Ihm war bis jetzt noch gar nicht richtig klar geworden, dass Ruth auch für andere Menschen da sein musste. Vielleicht interessierte sie sich für die anderen sogar mehr als für ihn? Er schlug mit der Faust auf den Tisch. Wie lange würde sie mit dem anderen reden? Eine halbe Stunde oder vielleicht zwei Stunden? Ihm lief eine Gänsehaut über den Rücken. Das würde er nicht aushalten. Doch beim dritten ungeduldigen Wählen war die Leitung frei. Ruths ruhige, kühle Stimme: »Hier ist die Telefonseelsorge.«

Er war zuerst heiser vor Aufregung: »Hier ist Benjamin!«

Sie zögerte. »Benjamin?«

»Ja, weißt du denn nicht? Ich hab doch schon mit dir telefoniert! Hast du das ganz vergessen?«

»Nein, nein, natürlich nicht. Ich hatte deinen Anruf nur schon früher erwartet, hab jetzt nicht mit dir gerechnet. Deshalb musste ich erst überlegen. Warte mal, ich hol deine Unterlagen raus!«

Er war enttäuscht, das klang so geschäftsmäßig, so, als wär er nur ein mäßig interessanter Fall, eben ein Fall, aber keine Person.

Dann wieder ihre Stimme. »Benjamin? Also, wir haben uns alle zusammen dein Problem überlegt. Wir glauben, dass du allein eine Entziehung nicht schaffen wirst.«

»In eine Klinik will ich nicht!«, fuhr er heftig dazwischen.

Sie blieb ruhig. »Das haben wir uns schon gedacht. Deshalb raten wir dir, zu einem Arzt zu gehen. Wir kennen einen, der gute Erfolge mit Fällen wie deinem hat. Er wird mit dir sprechen und Mittel verschreiben, durch die du, wenn du sie wirklich nimmst, die Lust am Trinken verlierst.«

»Die kenn ich doch! Natürlich kenn ich die!«

»Hast du denn schon einmal welche genommen?«

»Klar!« Er stockte. »Aber sie sind mir nicht gut bekommen – ein ekelhaftes Zeug.«

»Ja, wirklich? Hast du auf die Pillen Alkohol getrunken?«

»Hm, na ja, es ging mir sauschlecht danach – war ganz schwer krank, dachte, ich müsste sterben. Dann hab ich mich an das Zeug nicht mehr rangetraut.«

»Aber wenn du es unter Kontrolle des Arztes einnimmst? Damals wusstest du ja noch nicht, wie schlimm es einem ergeht, wenn man auf Medikamente Alkohol trinkt. Jetzt hättest du Angst und würdest die Finger davon lassen.«

Benjamin murrte: »Ich glaube nicht, dass man nur durch dieses Zeug trocken werden kann.«

»Allein dadurch sicher nicht. Deshalb solltest du noch mehr tun. Zum Beispiel Kontakt zu den Anonymen Alkoholikern aufnehmen. Das sind Leute, die alle selbst einmal getrunken haben und sich nun gegenseitig helfen wollen, dass sie nicht wieder rückfällig werden.«

Benjamin fiel ihr ins Wort: »Ach, die kenne ich auch, da halt ich gar nichts von. Das sind doch alles nur alte Leute, die einen herumkommandieren wollen. Überhaupt mach ich mir nichts aus Vereinen.«

Benjamin war zornig und enttäuscht.

Ruths Stimme verlor nichts von ihrer Freundlichkeit. »Nun hör erst mal. Es gibt da eine Jugendgruppe bei den Anonymen, ganz fortschrittlich. Die spielen Tischtennis, machen Musik, Tanzfeste, Teenachmittage, wo sie über alles Mögliche diskutieren.«

»Ich weiß nicht . . .«

Jetzt wurde sie ungeduldig. »Himmel, du hast mich um Rat gefragt, aber was ich dir auch empfehle, du sagst immer *Ich weiß nicht. Ich mag nicht. Ich kann nicht. Willst du denn überhaupt aus dem Suff rauskommen oder vielleicht nur rumjammern?«*

»Natürlich will ich raus, aber was nützen mir Ratschläge, von denen ich ganz genau weiß, dass sie Mist sind! Weil ich die Sachen doch schon probiert hab!«

»Du hast nicht richtig probiert, hast immer bei den ersten Schwierigkeiten aufgegeben, immer gleich von vornherein gedacht: Ist ja doch Mist. Du musst aber denken: Diesmal wird's bestimmt klappen! Und du musst alles auf einmal einsetzen: den Arzt, die Anonymen, die Medizin und die Arbeit. Du musst was tun, nicht nur immer rumhängen, nicht so verdammt schlapp sein!«

»Hör auf, hör auf!«, schrie Benjamin heftig. »Jetzt fängst du auch mit den Predigten an! Wie alle anderen. Das nützt mir gar nichts. Ihr sitzt alle auf'm hohen Ross und redet von oben herab mit mir. Ihr habt ja keine Ahnung! Und dabei hab ich gedacht . . . Weißt du, neulich warst du ganz anders.«

Es blieb eine kurze Weile still auf der anderen Seite der Leitung, dann kam ihre Stimme zögernd: »Entschuldige, Benjamin, das war wirklich nicht so gemeint. Ich sitz nicht auf dem hohen Ross, wirklich nicht. Ich weiß sehr gut Bescheid. Aber ich hatte plötzlich das Gefühl, dass es nötig ist, dich anzupfeifen, damit du mitmachst mit uns.«

»Mit euch? Willst du denn weiter mit mir reden? Ich dachte, du wolltest mich jetzt abschieben.«

»Unsinn, du kannst mit mir reden, so lange du magst.

Aber damit allein wirst du es nicht schaffen. Du musst auch Kontakte mit Menschen aufnehmen, ärztlich behandelt werden und arbeiten, alles zusammen.« Sie gab ihm die Adressen des Arztes und der Anonymen Alkoholiker. »Wegen einer Arbeit für dich müssen wir uns erst noch mal umsehen. Ruf mich Dienstagnacht wieder an, ja? Diesmal aber wirklich. Es ist frustrierend, wenn man sich bemüht und etwas gefunden hat, und der andere meldet sich nicht. Meinst du, dass du's diesmal schaffst?«

»Hm, ich denke schon!«

Bevor Ruth einhängte, sagte sie noch: »Du, ich hab das Gefühl, dass du eine echte Chance hast!«

5

Die vier Tage waren nicht leicht zu überstehen. Aber da war etwas, das ihn hielt. Ruths energische, zupackende Art, ihr Glaube, dass er es überwinden könnte, gaben ihm Mut. Er musste unbedingt trocken bleiben bis Dienstag, er durfte nicht wieder absacken und das nächste Telefonat versäumen. Das Mädchen gab sich Mühe, um ihm zu helfen, und er wollte sie nicht enttäuschen.

Benjamin ging auch zu dem Arzt, den sie ihm genannt hatte. Der überlastete ältere Mann schien froh zu sein, dass Benjamin keine große Lust zeigte auf seine Fragen zu antworten, sondern nur Medikamente aufgeschrieben haben wollte. Er untersuchte ihn zwar gründlich, horchte Herz und Lunge ab und tastete, ob die Leber vergrößert sei. »Alles in Ordnung«, sagte er, »*noch* in Ordnung. Das kann sich ändern, wenn Sie nicht aufhören mit dem Alkohol.« Und während Benjamin sich anzog und er ein Rezept ausschrieb: »Die Tabletten müssen Sie sechs Monate lang nehmen, regelmäßig – und wenn Sie sich einfallen lassen, darauf Bier oder Schnaps oder was anderes zu trinken, kann's Ihnen übel ergehen. Das wäre nicht nur unangenehm, sondern gefährlich, hören Sie?«

Benjamin nickte. Doch zu Hause legte er die Tabletten erst einmal in den Nachttischkasten. Vielleicht würde er es auch ohne sie schaffen. Jetzt musste er etwas zu tun haben. Die Anonymen Alkoholiker? Ach, das hatte noch Zeit! Er schaute sich in der Wohnung um. Die Küche brauchte dringend eine Renovierung. Er hatte etwas Geld, das ihm Greta auf sein Drängen und seine Versprechungen hin zögernd zum Besorgen von Lebensmitteln gegeben hatte. Damit kaufte er in dem Farbengeschäft an der Ecke blassgelbe Kunstharzfarbe und einen breiten Pinsel. Er wusch die Wände sorgfältig mit warmem Wasser ab, tauchte den Pinsel in die Farbe und fing an zu malen. Es roch kräftig und gut nach Arbeit. Benjamin war eine halbe Stunde lang glücklich. Doch als sein Arm müde wurde, warf er den Pinsel in den Eimer zurück und ließ sich auf das Sofa fallen. Eigentlich Blödsinn! Warum strengte er sich nur so an und arbeitete wie ein Kuli? So schlimm hatte die Küche doch noch gar nicht ausgesehen! Er hatte keine Lust mehr. Es ödete ihn an. Er wusste plötzlich, dass er nie wieder zu irgendeiner Sache richtig Lust haben würde. Wie eine Glocke stülpte sich Hoffnungslosigkeit über ihn.

Er ging ins Wohnzimmer, nahm sich eine Zigarette aus Gretas Packung, die auf dem Telefontisch lag, zündete sie an und sah das Telefon. Vorgestern hatte er den Hörer in der Hand gehalten und jemand hatte durch den Draht zu ihm gesagt: Du musst was tun! Wenn du mitmachst und was tust, dann glaube ich, dass du eine echte Chance hast!

Er ging in die Küche zurück, rauchte dort die Zigarette zu Ende und betrachtete die Wände. So – halb gelb und halb grau – konnten sie wirklich nicht bleiben. Er drückte den Stummel im Aschenbecher aus und arbeitete weiter.

Als Greta abends nach Hause kam, saß er hoch oben auf der Küchenleiter in farbverkleckster Jeans, einen alten Strohhut von ihr auf dem Kopf, strich die Decke und pfiff vor sich hin. Sie sah entsetzt auf das Tohuwabohu, auf die in die Ecke geschobenen Küchenmöbel, den Eimer mit Wasser, Töpfe mit Farben, Flecken und Pfützen auf dem Fußboden. »Was machst du denn da? Warum hast du denn . . . Die war doch noch gar nicht so . . . Und woher hast du das Geld für die Farben? Vom Wirtschaftsgeld? Ich hätte es dir nicht . . .«

Im Nu war seine Fröhlichkeit verschwunden. »So, dir wäre wohl lieber gewesen, wenn ich mir für die Moneten Schnaps gekauft hätte! Da tut man mal was Sinnvolles, und dann ist's auch wieder Käse! Die Küche hat's verdammt nötig gehabt. Wenn du gern in so 'nem Dreckstall wohnst – ich nicht!«

Er warf wütend den Pinsel in den Topf, stieg von der Leiter herunter, schleuderte den Hut in die Ecke.

»Ist ja schon gut«, sagte Greta hastig, »ich war nur nicht drauf vorbereitet. Hast ja ganz Recht! – Ich dachte nur, du wärst zum Arbeitsamt, wegen einer Lehrstelle.«

Er stand am Fenster, drehte ihr den Rücken zu, schaute hinaus. Sie trat hinter ihn und legte ihm die Hand auf die Schulter. Die Hauptsache war ja, dass er nicht wieder getrunken hatte. »Entschuldige, Benni, ich war so müde. Ärger im Büro. Dann das Durcheinander hier – die Flecken, die Pfützen. Aber du hast ja Recht, wirklich, die Küche muss gemacht werden!«

Er drehte sich um und sah sie, immer noch gekränkt, an. »Im Übrigen habe ich Arbeit in Aussicht, das wollte ich dir nur sagen!«

»Ja?«, fragte sie erfreut. »Was, wo? Warst du doch auf dem Arbeitsamt?«

Er schüttelte den Kopf. »Ich kann's dir jetzt noch nicht sagen.«

Enttäuscht ließ sie sich auf den einzigen freien Stuhl sinken. Das kannte sie: diese großen Verkündigungen, die nichts als Ausreden waren. Oder vielleicht machte er sich auch selbst etwas vor, wie schon so oft. Wenn es eine einigermaßen vielversprechende Sache wäre, würde er ihr bestimmt davon erzählen.

Mechanisch begann sie die Suppe zu löffeln, die er neben seiner Malerarbeit gekocht hatte und nun vor sie hinstellte. »Schmeckt's dir nicht?«, fragte Benjamin misstrauisch. Zwar hatte er nicht viel mehr getan, als eine Büchse zu öffnen und den Inhalt in den Kochtopf zu schütten, aber immerhin hatte er Greta die Mühe erspart. Nun wollte er auch gelobt werden.

Sie schreckte zusammen. »O doch, natürlich schmeckt's! Sehr. Ein bisschen mehr Salz vielleicht – aber nein, nein, nicht nötig, ist schon recht so!«

Hauptsache, dass er nicht wieder getrunken hatte!

Er hielt durch bis Dienstagnacht. Es war nicht leicht, aber er wollte unbedingt diese Stimme wieder hören, die so sicher klang. Hier schien jemand wirklich zu wissen, wie man im Leben klarkam, schien ganz frei zu sein von allem, was einen beengte und hinabzog. Vielleicht gab es eine Möglichkeit, dass diese Ruth etwas davon auf ihn übertrug, dass er dadurch auch sicherer und freier würde!

Er machte sich intensiv in der Küche zu schaffen, gipste Löcher im Putz aus, pinselte Wände und Decke und reparierte den Stuhl, den er neulich zerbrochen hatte. Er hatte geschickte Hände. Er blieb diesmal bei der Sache. Wie oft hatte er schon etwas mit Begeisterung angefangen und dann mittendrin liegen lassen. Jetzt trug ihn ein Wunsch über alle auftauchenden Unlustgefühle hinweg: der Wunsch, Ruth am Dienstag etwas vorweisen zu können.

Schließlich strahlte die Küche hellgelb und roch kräftig und neu nach Farbe. Als Benjamin fertig war, räumte er alles auf, kaufte einen Strauß blauer Blumen – er wusste nicht, wie sie hießen – und stellte ihn auf den Küchentisch.

Eine Decke darunter fehlte. Er suchte in Gretas Wäscheschrank und fand eine blau karierte Decke, genau in der Farbe der Blumen. Dann stolzierte er in der Küche hin und her und staunte sein Werk an. Wie frisch alles war, wie sauber und schön! Wie gut die Farben zusammenpassten: die gelben Wände, die Tischdecke, die blauen Blumen! Er rückte die Vase noch ein wenig zurecht, genau in die Mitte vom Tisch. Es war lange Zeit her, dass er etwas so Sinnvolles wie das hier fertig gebracht hatte. Wenn er Ruth davon erzählte, würde sie staunen. Vielleicht war er doch nicht so vollkommen am Ende, wie er schon geglaubt hatte, vielleicht gab es doch noch mal einen Anfang.

Als Greta nach Hause kam, freute sie sich. Sie gab ihm einen Kuss. »Benni, wie schön sieht unsre alte Küche plötzlich aus!«

Sie aßen an diesem Abend am Küchentisch. Aber dann hätte sie beinahe wieder alles verdorben: »Und wann gehst du zum Arbeitsamt?«

Benjamin legte den Löffel in den Teller. »Ich hab dir doch gesagt – ich hab was in Aussicht!«

Sie sah ihn zweifelnd an. »Wirklich?«

Er sprang auf. »Du glaubst mir wohl überhaupt nichts mehr? Außerdem ist das meine Angelegenheit, es geht dich gar nichts an!«

Wütend lief er in sein Zimmer, warf die Tür hinter sich zu. Er stellte den Kassettenrekorder an – wilde Rockmusik. Irgendeine. Nach einer Weile klopfte es leise an die Tür. Er tat, als hörte er nichts. Greta schob sich durch den Türspalt. »Ach, Benni! Ich wollte doch nicht . . . Ich hab's doch nicht so gemeint.«

Sie sah dünn und hilflos aus. Er war bereit sich zu versöhnen, aber zu leicht durfte er es ihr nicht machen. »Warum musst du mir nur immer in meine Angelegenheiten reinreden?«

Sie setzte sich neben ihn und drehte eins ihrer Löckchen um den Finger, was sie immer tat, wenn sie verlegen war. »Ich . . . na ja, weißt du . . . Ich hab doch . . . Ich bin doch schließlich deine Mutter . . . sorge mich . . .« Bevor er wieder aufbrausen konnte, fuhr sie hastig fort: »Aber heute, du, das war . . . Dass du die Küche so schön gemacht hast! So von Anfang bis zum Ende, ohne zwischendurch . . . Du, ich freu mich!«

»Warum stellst du dich so an? Das ist doch nichts Besonderes.« Er war stolz über ihr Lob.

Sie stand auf. »Kommst du jetzt zum Fernsehen rüber?«

Er nickte. »Wenn's was Gutes gibt!«

Dienstagnacht brauchte er nicht lange auf einen Telefonanschluss zu warten. »Hallo, Benjamin«, sagte Ruth herzlich, und ihm wurde ganz warm. »Du, ich glaub, ich hab was für dich! Wieder bei 'nem Zahntechniker. Das hat dir doch Spaß gemacht, damals. Und er nimmt dich gern, weil du schon ein bisschen Ahnung hast.«

Benjamin zögerte. »Ich hab doch damals nur 'n mieses Zeugnis gekriegt. Wenn der das sehen will, was soll ich dann sagen? Und auch, warum ich so lange nicht im Beruf gearbeitet habe?«

»Du brauchst nicht viel zu sagen. Der Meister weiß über dein Problem Bescheid.«

Benjamin fragte scharf: »Du hast ihm davon erzählt?«

»Ja«, sagte Ruth ruhig. »Er muss es doch wissen.«

Benjamin ließ sie nicht weiterreden. »Kommt gar nicht in Frage! Da geh ich gar nicht erst hin! Die peilen mich dann gleich alle schief an.«

»Himmel, die werden schon aufhören blöd zu gucken, wenn du was leistest! Versuch's doch erst mal. Es ist eine

Schwelle, über die musst du rüber. Der Meister ist prima, wirklich, und verständnisvoll! Komm, mach's uns nicht so schwer. Wir haben uns so viel Mühe gegeben etwas für dich zu finden! Schreib die Adresse und die Telefonnummer auf!«

Aha, sie interessierte sich doch nur für ihn als Fall, wollte nur Erfolg mit ihrer Arbeit haben, sonst war er ihr vollkommen gleichgültig. Aber da sagte sie schon: »Nun erzähl erst mal, wie es dir in den letzten Tagen ergangen ist. Was hast du gemacht? Ich weiß so wenig von dir, möchte gern mehr erfahren.«

Er war geschmeichelt, tat aber ganz lässig. »Ach, da war nichts Besonderes. Ich hab nur unsere Küche renoviert, das war mal nötig.«

»Die Küche? Kannst du denn so was? Das finde ich toll. Und ganz allein? Das muss eine Heidenarbeit sein. Ich wüsste gar nicht, was man da für Farben nimmt und wie man's überhaupt macht.«

Plötzlich war er mittendrin, ihr einen Vortrag übers Anstreichen zu halten. An ihren Zwischenrufen merkte er, wie interessiert sie war. Sie redeten dann noch über alles Mögliche, was für Filme vom Fernsehen ihnen gefallen hatten, was sie lasen, welche Musik sie hörten. Sie mochten beide die Beatles und Joan Baez, stritten sich aber über Jethro Tull. Doch dieser Streit war nicht böse, sondern locker und ein bisschen albern. Als er erzählte, dass er zum Anstreichen Gretas alten Strohhut mit den Samtblumen aufgesetzt hatte, lachte sie. Das erste Mal hörte er das Lachen, das mit einem Glucksen begann. »Du lachst wie ein kleines Huhn!«

Sie gluckste wieder. »Du, das erinnert mich! Ich bin nicht nur zum Gackern und Eierlegen hier, ich muss auch mal wieder arbeiten! Aber sag mal, warst du nun schon beim Arzt und den Anonymen?«

»Klar war ich beim Arzt«, sagte Benjamin hastig.

»Und?«

»Was und?«

»Hat er mit dir geredet? Hat er dir was verschrieben?«

»Klar hat er mir was verschrieben, aber ich hatte noch keine Zeit das Zeugs einzunehmen, und zum Reden hatte er nicht viel Zeit. Außerdem redest du doch mit mir, oder nicht?«

Sie seufzte. »Ach, Benjamin! Wie oft muss ich dir noch sagen, dass das allein nicht reicht! Ich will ja mit dir reden, selbstverständlich, aber du musst auch die Mittel einnehmen! Hörst du! Nicht nur die Mittel verschreiben lassen, *einnehmen* musst du sie! Und du musst es auch mal mit den Anonymen versuchen. Bitte, tu's meinetwegen!«

»Du willst bloß einen Erfolgsfall in deiner Kartei eintragen können!«

»Quatschkopf, Blödmann, Idiot!«

Ihr Ärger tat ihm wohl. »Na ja, ich hab's nicht so gemeint. Ich will ja auch zu dem beknackten Ringelpiez bei den Supertrockenen gehn. Werd mich ganz schön langweilen.«

Sie gluckste wieder. »Prima. Na dann. Lass bald wieder von dir hören, Benjamin! Ich warte auf deinen Anruf!«

6

Ein paar Tage später. Als Greta sich frühmorgens für das Büro fertig machte, war Benjamin zu ihrem Erstaunen schon wach. Er kam in die Küche geschlurft und murmelte schlaftrunken: »Ist mein blaues Hemd gewaschen?«

Greta sah ihn verwundert an. Seit Wochen lief er in den gleichen Jeans und dem gleichen ausgeleierten Pullover herum und weigerte sich etwas anderes anzuziehen.

»Das Hemd ist gewaschen. Aber warum – wo willst du hin? Was hast du vor?«

»Ach, nichts. Will nur mal was anderes anziehen.«

»Ausgerechnet das gute Blaue?«

Er brauste auf. »Und? Warum nicht? Du meckerst immer, dass ich am liebsten in Jeans und Pullover rumlaufe, und wenn ich dann mal . . .«

»Ist ja gut!« Sie holte das Hemd aus dem Wäscheschrank und legte es ihm hin.

Nein, er wollte ihr jetzt noch nicht sagen, was er vorhatte. Vielleicht ging es wieder schief und dann war sie enttäuscht. Als Greta fort war, machte er sich sorgfältig fertig. Der Meister wusste also, was mit ihm los war, würde wahrscheinlich einen vergammelten Typ erwarten. Der sollte sich wundern. Benjamin duschte, rasierte sich die Bartflusen, zog frische Wäsche an, das blaue Hemd, außerdem neue Jeans und die hellgraue Strickjacke, die Greta ihm zu Weihnachten geschenkt hatte. Er betrachtete sich im Spiegel auf dem Flur. Wenn er sich Mühe gab und sich pflegte, sah er eigentlich nicht schlecht aus. Ob er auch Ruth gefallen würde? Aber vielleicht war er gar nicht ihr Typ. Er schüttelte den Gedanken ab. Wahrscheinlich interessierte es sie überhaupt nicht, wie er aussah, sondern nur, ob er jetzt zum Zahntechniker ging.

Im Büro des Labors empfing ihn eine attraktive Sekretärin. »Sie wünschen?«

»Ich bin mit dem Meister verabredet.«

»Ihr Name? – Ach ja, setzen Sie sich einen Augenblick da hin, der Meister kommt gleich.« Sie kümmerte sich nicht weiter um ihn, wandte sich wieder ihrer Schreibmaschine zu und ließ die Finger mit solcher Geschwindigkeit auf die Tasten trommeln, als ginge es um einen Weltrekord.

Sie schien nicht zu wissen, was mit ihm los war, sonst hätte sie ihn sicher neugierig angeglotzt.

Von nebenan hörte Benjamin die vertrauten Geräusche eines zahntechnischen Betriebes, das Klappern von Geräten, Zischen einer Schleifmaschine, Stimmen, Lachen. Aus einem Radio schnulzte Udo Jürgens. Jemand pfiff falsch und betont kitschig dazu. Die Atmosphäre schien nicht schlecht zu sein. Aber vielleicht würde alles anders werden, wenn er hereinkäme: eisig, abwehrend . . . Vielleicht würden sie nicht mit einem Trinker zusammenarbeiten wollen. Er fühlte wieder die Angst.

Ein blasser älterer Mann, eine Drahtbrille auf der knochigen Nase, betrat den Raum. »Kommen Sie mit«, sagte er leise zu Benjamin und ging ihm gebückt voraus in einen kleinen Raum, in dem nur ein Schreibtisch und zwei Sessel standen. »Setzen Sie sich!« Er hockte sich auf die Schreibtischkante, schob die Brille auf die Stirn und sah Benjamin aus wasserblauen Augen eine Weile prüfend an. »Sie möchten also bei uns arbeiten?«

Benjamin nickte. Der Mann setzte die Brille wieder auf

die Nase und blickte vor sich hin, griff einen Bleistift aus der Federschale, spielte schweigend damit. »Sind Sie jetzt trocken?«, fragte er plötzlich.

Das kam für Benjamin wie ein Schuss aus dem Hinterhalt. Er fuhr hoch. »Sie wollen mich wohl doch nicht haben, wie? Die von der Telefonseelsorge haben mir gesagt, Sie würden mich nehmen, obwohl . . .«

Benjamin hatte schon die Türklinke in der Hand, da rief der Mann: »Warten Sie doch, ich will Sie ja nehmen! Aber ich muss doch ein bisschen über Sie Bescheid wissen.«

»Warum denn gerade das?«, fragte Benjamin heftig. »Sie fragen überhaupt nicht, ob ich schon was kann als Zahntechniker. Sie fragen nur nach dem. Und Sie gucken mich schief an – alle andern im Labor wahrscheinlich auch!«

Der Mann schüttelte den Kopf. »Niemand außer mir hat eine Ahnung. Und ich guck Sie bestimmt nicht schief an. Ich weiß viel zu gut, wie schlimm so was ist und wie schwer man da rauskommt. Ich will Ihnen helfen!«

»Ich brauch keine Hilfe von Ihnen, nur Arbeit!«

»Ich weiß, ich weiß, und die sollen Sie ja auch bekommen. Aber Sie werden mir doch nicht übel nehmen, dass ich mich auch sonst für Sie interessiere, zum Beispiel wissen möchte, wie lange Sie schon trinken!«

Die hartnäckige Neugier des Meisters reizte Benjamin. »Was geht Sie das an!« Er vergaß völlig, dass er von dem Mann etwas wollte. »Das ist meine Sache!« Er wusste, jetzt würde er ihn feuern, aber nun war ihm schon alles egal.

»Schon gut, schon gut«, murmelte der Meister und rutschte von der Tischkante. »Sie können bei uns anfangen.« Er ging hinaus und ließ Benjamin stehen. Der sah ihm verblüfft nach. Das hatte er nicht erwartet.

Die Sekretärin im Vorraum besprach unpersönlich und

geschäftsmäßig mit ihm die Arbeitsbedingungen. Diesmal musste Benjamin eine ganze Woche lang warten, bis er Ruth wieder sprechen konnte. Zu seinem Erstaunen lebte er sich im Labor gut ein.

Außer ihm waren dort ein Geselle und drei andere Lehrlinge, zwei junge Männer und ein Mädchen, das ziemlich dick war und ein freches, witziges Mundwerk hatte. Zuerst horchte Benjamin misstrauisch hin, ob sie sich nicht über ihn lustig machte, vielleicht sogar etwas ahnte, aber bald merkte er, dass sie ihn als gleichwertigen Kumpel betrachtete, den man aus Spaß mal anflachst, dass sie im Grunde gutmütig war und gern lachte. Schließlich lachte und flachste er mit. Er erkannte zu seinem Erstaunen, dass die Arbeitskollegen ihn mochten. Er lernte rasch, hatte geschickte Hände und fand, dass er im vorigen Labor eine gute Grundlage bekommen hatte. Mit dem Gesellen gab es manchmal Schwierigkeiten. Der schlug ab und zu einen Kasernenhofton an, den Benjamin schlecht vertrug. Doch hinter dem Rücken des Gesellen machte das Mädchen Heidi seinen gestelzten Gang nach und den empört ausgestreckten Finger, wenn er auf etwas zeigte, was seiner Meinung nach unordentlich war, sodass Benjamin wie die anderen auf die Rüffel nur mit unterdrücktem Lachen reagierte.

Benjamin fühlte sich das erste Mal seit langer Zeit in einer Gemeinschaft wohl. Von dem Meister bekam er nicht viel zu sehen. Dieser fertigte in einem kleinen Extralabor besonders komplizierte Stücke selber an, ging ab und zu blaß und gebückt durch den Raum und warf Benjamin und den anderen nur flüchtige Blicke zu.

Ein einziges Mal war es anders. Der Meister trat eines Vormittags ungewohnt laut und heftig ein, warf die Tür hinter sich zu und blieb vor dem Tisch von Peter, einem der Lehrlinge, stehen. Er hatte rote Flecken im Gesicht, eine Haarsträhne war ihm in die Stirn gefallen und seine Augen hinter der Brille funkelten böse. »Was ist denn das?«, zischte er und warf eine Zahnprothese auf den Tisch. »Soll das etwa so aus meinem Labor herausgehen? Schlamperei, Schluderei! Alle schludert ihr, seid faul, macht euch auf meine Kosten euren Jux.« Er versprühte Speichel beim heftigen Reden. Dann drehte er sich um und lief mit langen Schritten hinaus. Die fünf im Raum schwiegen erschrocken. Giovanni stellte das Radio aus. Schließlich stöhnte Heidi: »Nun ist's mal wieder so weit!«

»Was ist los mit ihm, spinnt der?«, fragte Benjamin. »Ist der plötzlich verrückt geworden? Er ist doch sonst nicht so!« Und zu Peter: »Das kannst du dir doch nicht gefallen lassen!«

»Ach, hör auf«, sagte Heidi ärgerlich, »das darf man ihm doch nicht übel nehmen.«

»Nicht übel nehmen? Jetzt leck mich doch einer!«

»Halt den Rand. Du hast ja keine Ahnung. Der Chef hat's verdammt schwer. Seine Alte, die säuft nämlich. Wahrscheinlich ist die wieder ausgeflippt. Wenn man so 'ne Schnapsdrossel in der Familie hat, kann einen das echt nerven – da drehen die Angehörigen dann auch mit durch.«

Benjamin spürte, wie ihm das Blut ins Gesicht schoss. Er bückte sich tief über seine Arbeit. Es fiel den anderen nicht auf. Eine gedrückte Atmosphäre herrschte heute im Labor. Keiner stellte wieder das Radio an. Der Geselle besprach ruhig und ungewöhnlich freundlich mit Peter, was an der beanstandeten Arbeit zu ändern sei. Doch Benjamin dachte die ganze Zeit über: Wenn die wüssten, wenn die wüssten! Etwas von der Sicherheit, die er gewonnen hatte, entglitt ihm wieder.

Gegen Mittag kam der Meister herein, stand eine Weile unschlüssig an der Tür und blickte über die gebeugten Köpfe an den Tischen. »Entschuldigen Sie bitte«, sagte er schließlich. »Entschuldigen Sie alle.« Er trat an Peters Tisch. »Und Sie besonders!« Stärker gebückt als sonst, verschwand er wieder.

Doch trotz dieses Erlebnisses war Benjamins Stimmung optimistisch, als er Ruth am Freitag anrief. Sie war froh zu hören, wie gut er sich auf der Arbeitsstelle eingelebt hatte. »Eine echt gute Gruppe«, sagte er, »richtige Kumpel. Wir wollen auch mal privat was zusammen unternehmen.«

Sie schwieg einen Augenblick lang und meinte dann zögernd: »Traust du dir das zu?«

Er verstand nicht. »Wieso? Was meinst du?«

»Benjamin, die werden in Lokale gehen wollen, wo es Alkohol gibt. Traust du dir dann zu die Hände vom Alkohol zu lassen?«

Es war wie eine kalte Dusche. »Aber hör mal! Wenn ich da nicht mitmache, denken die, ich will nichts von ihnen wissen.«

»Wenn sie so gute Kameraden sind, kannst du ihnen doch von deinen Problemen erzählen.«

»Auf keinen Fall!«, rief er heftig. Er hatte noch Heidis abfälligen Ton bei ihrer Rede über die Frau vom Chef im Ohr. Nein, die im Labor sollten nichts erfahren, sie sollten denken, dass er genauso normal sei wie sie, lieber glauben, dass er was anderes vorhätte.

»Na, dann werd ich in meiner Freizeit eben wieder zu Hause rumgammeln«, meinte er trotzig. »Oder . . .« Ihm kam plötzlich eine verrückte Idee. »Wollen wir beide nicht mal was zusammen unternehmen?« Er lachte aufgeregt. »Du kannst ja dann auf mich aufpassen.«

»Das geht nicht«, sagte Ruth, »das ist nicht unser Stil!«

»Was heißt das denn, *euer Stil?*«

Sie klang unerwartet energisch. »Ich sage dir, das geht nicht. Warum machst du nicht bei den Anonymen Alkoholikern mit? Das ist genau die richtige Gruppe für dich!«

Er war enttäuscht, aber eigentlich hatte er es erwartet. Sicher hatte sie einen Freund, mit dem sie ihre Freizeit verbrachte. Vielleicht war der sogar eifersüchtig. Aber wenigstens durfte er nichts dagegen haben, dass Ruth mit Benjamin telefonierte, immer wieder und manchmal sogar stundenlang. Da hatte nämlich der dämliche Freund überhaupt nichts reinzureden. Das ging nur sie beide etwas an.

Die Tage, die nun folgten, waren wie Kalenderblätter, die mit einer roten Schnur zusammengebunden waren. Die Schnur war Ruths Stimme: ihre Anerkennung, ihr Lob, ihr Rat, ihr Lachen, manchmal auch ihr Spott, wenn er wieder einmal zu empfindlich reagiert hatte. Festtage, wenn er in der Nacht mit ihr sprechen konnte. Die Tage dazwischen wurden gehalten und gestützt von dem Willen, ihr möglichst viel Positives zu erzählen. Das ließ ihn auch kleine Enttäuschungen überwinden, zum Beispiel die, dass die anderen im Labor ihn ein wenig schnitten, weil er nicht ab und zu mit ihnen zusammen in eine Kneipe ging. Sie neckten ihn. »Hast wohl 'ne Freundin, die erlaubt's nicht?«

Er lächelte vielsagend. Natürlich schwatzten sie dann über ihre gemeinsamen Erlebnisse, an denen er nicht teilgehabt hatte.

Die Sache mit den Anonymen Alkoholikern ging schief. Er war wohl von Anfang an zu voreingenommen, um sich einzuleben. Er hatte den Eindruck, dass diejenigen dort, die nun schon jahrelang trocken waren, überheblich mit ihren Erfolgen protzten. Die Teenachmittage ödeten ihn an, und die Tanzfeste fand er krampfhaft fröhlich. Das Einzige, was ihm ein wenig Spaß machte, war Pingpong-Spielen. Dabei traf er einen Jungen, dem es ähnlich ging wie ihm und mit dem er sich etwas anfreundete. Er hieß Hannes und nahm Benjamin zu einem Kursus in der Volkshochschule mit, wo Tonarbeiten hergestellt wurden. Zuerst fühlte sich Benjamin auch dort wieder unsicher, aber Hannes half ihm über die ersten Schwierigkeiten hinweg.

Der Lehrer, ein Töpfer und Bildhauer, kümmerte sich mehr um die, die schon etwas konnten. Er überließ die Neuen sich selbst. So probierten Hannes und Benjamin allein, mit der summenden Töpferscheibe und dem Klumpen darauf fertig zu werden. »Mist!«, brüllten sie zuerst, wenn etwas danebenging, und »Scheiße!« und »Verdammt noch mal!« Aber sie lachten dabei. Und plötzlich spürte Benjamin, wie sich fast von selbst unter seinen Händen ein Gefäß bildete, eine Wand bog, die eine Höhlung umschloss, ein Rand wölbte, alles noch schief und krumm, doch schon ein richtiger Gegenstand zum Benutzen, in den man etwas hineintun konnte. Das machte Spaß. Das nächste Ding wurde beinahe eine Vase, das Dritte ein noch etwas plumper, doch deutlich erkennbarer Krug, das Vierte eine geschwungene braune Schale, die er in den Brennofen stellen durfte. Er lernte rasch. Seine Kenntnisse von den Materialien und Arbeitsweisen in der Zahntechnik kamen ihm hier zugute. Während Hannes, der ungeschickt war, bald die Lust verlor und aufgab, blieb Benjamin weiter dabei. Der Lehrer beschäftigte sich nun auch mehr mit ihm, drückte ihm eines Tages einen Tonklumpen in die Hand und sagte: »Formen Sie daraus etwas – einen Menschen oder ein Tier!«

Benjamin zögerte. »Aber das kann ich doch gar nicht!« Er schielte sehnsüchtig nach der Töpferscheibe hinüber. Der Lehrer schlug ihm auf die Schulter. »Probieren Sie's!«

Benjamin nahm vorsichtig den feuchten Klumpen in die Hand. Er fühlte sich kühl und glitschig an. Und doch hatten die Finger Lust hineinzudrücken, zu streichen, zu kneten, hier mit dem Daumen eine Höhle zu bohren, dort mit spitzen Fingern eine Erhebung zu zupfen. Es packte ihn plötzlich wie ein Rausch. Nach ein paar Versuchen Menschen zu formen, die aber alle misslangen, brachte er eine Katze zu Stande. Sie erregte in ihrer schmiegsamen Glätte die Bewunderung der anderen.

»Nicht schlecht«, sagte der Lehrer, »die lebt schon ein bisschen!«

Die besten Stücke wurden im Töpferofen gebrannt, und natürlich war Benjamins Katze dabei. Stolz trug er sie nach Hause. Greta staunte. »Dass du so etwas fertig kriegst! Nein, kaum zu glauben! Du hast doch früher nie . . .«

Er entzog sich ihr. »Komm, lass! So toll ist das ja nun wirklich nicht!«

Aber den ganzen nächsten Tag über ging er wie auf Wolken und hatte das Gefühl, jemand Besonderer zu sein, nicht irgendwer, sondern einer, der etwas mehr auf dem Kasten hat als andere – vielleicht ein Künstler?

Er fieberte der Nacht entgegen, denn es war Ruths Nacht. Er untertrieb. »Also, ich hab da so 'n kleines Ding gemacht, eine Katze, nichts Besonderes. Die andern im Kurs und die im Labor haben zwar getan, als ob's sonst was wär. Sie haben sich echt überschlagen. Aber die sind eben anspruchslos. Von einem Kunstwerk ist das noch weit entfernt!« Er lauschte begierig, was sie darauf sagen würde.

»Na, wenn alle die Katze so gut finden, muss schon was

an ihr dran sein.« Ruth freute sich, er hörte es ihrer Stimme an.

»Ich weiß nicht. Aber ich würde sie dir schon gern mal zeigen, damit du mir sagst, was du davon hältst.«

Das war eine tolle Idee. Auf diese Weise würde nicht nur Ruth die Katze sehen, sondern er würde auch Ruth sehen.

Auf der anderen Seite der Leitung war es eine Weile still. Benjamin wartete ungeduldig. Dann kam Ruths zögernde Stimme. »Du, ich hab dir doch schon mal gesagt, dass das nicht unser Stil ist. Wir wollen anonym bleiben.«

»Aber warum denn bloß? Da seh ich den Sinn überhaupt nicht ein. Außerdem ist das zwischen dir und mir doch etwas ganz anderes. Ich bin doch nicht einfach nur so ein Fall für dich – oder?«

Sie antwortete hastig: »Nein, natürlich nicht. Obgleich mir jeder Fall am Herzen liegt, freu ich mich immer besonders auf deinen Anruf. Bei dir kann ich mal ein bisschen entspannen, darüber lachen, was du aus dem Labor erzählst, zum Beispiel von der dicken Heidi. Und jetzt das mit der Katze, das ist wunderbar. Überhaupt hast du immer so viele normale Sachen zu erzählen. Was meinst du, wie erholsam das ist. Und dann ist bei dir Hoffnung möglich. Zuerst hab ich's nicht geglaubt, nur so getan, als ob ich es glaube, aber jetzt bin ich ziemlich sicher, dass du eine Chance hast, Benjamin, dass du drüber wegkommen kannst. Und darüber freu ich mich!«

»Trotzdem, Ruth, wenn ich dich nicht mal sehen kann, fühle ich mich echt frustriert.«

Sie lachte. »Auch so 'n schickes Modewort: *frustriert.* Damit kann man allerhand durchsetzen und allerhand entschuldigen, zum Beispiel, wenn man zu schlapp oder zu feige ist, irgendwas zu ertragen oder zu tun. So was brauchst du dir gar nicht einzureden, du bist nicht schlapp und feige!«

Aber es war manchmal verflucht schwer, nicht schlapp zu sein, sondern durchzuhalten. Es gab Tage, da ging alles schief. Der Geselle streckte seinen anklagenden Zeigefinger aus und mäkelte: »Hör mal, Junge, kannst du deinen Arbeitsplatz nicht ordentlicher halten? Das sieht ja bei dir aus wie auf dem Schrottplatz!« – Peter und Heidi stritten sich und ärgerten sich, dass Benjamin sich heraushalten wollte. – Den Töpferkurs für Fortgeschrittene leitete ein anderer Lehrer, ungeduldiger, spöttischer und nicht so begeistert von Benjamins Schöpfungen wie der vom Grundkurs. Benjamin wollte alles hinschmeißen. Außerdem regnete es schon vierzehn Tage lang. Die Welt war grau und schmutzig. Wie gern hätte Benjamin sich mit einer Flasche Bier aufgeheitert. Aber da fesselte ihn die rote Schnur, die seine Tage wie Kalenderblätter zusammenhielt, zog ihn fort über die trüben, depressiven Stunden bis zum nächsten Nachtgespräch.

»Benjamin, das Leben ist nicht immer lustig und erfolgreich, meistens ist es das Gegenteil. Es wird noch schlimmer, wenn wir darauf verzweifelt und aggressiv reagieren, findest du nicht? Es muss doch möglich sein, gegen den Ärger anzugehen und wieder rauszufinden aus den Schwierigkeiten. Auch an so einem miesen Tag wie heute gibt es doch Schönes.«

»Ich weiß nicht. Was denn, zum Beispiel?«

»Zum Beispiel, dass du eine Arbeit hast, Freunde, deine Mutter, dass du lachen kannst, dich bewegen, eine Straße entlanggehen.«

»Na hör mal! Was ist denn Besonderes daran, dass ich eine Straße entlanggehen kann?«

»Es gibt Leute, die können das nicht.«

»Was meinst du damit? Wenn man krank ist und so? Aber soll ich mich mit Leuten vergleichen, denen es noch dreckiger geht als mir? Mir geht's gerade schon dreckig genug.«

Auf der anderen Seite der Leitung entstand ein langes Schweigen.

»Ruth, was ist? Bist du noch da? Sag doch was!«

Ihre Stimme klang leise, seltsam fremd. »Ich glaub, wir machen für heute Schluss, Benjamin.«

Er war erschrocken. »Schon? Warum denn? Wir haben doch noch gar nicht lange gesprochen! Bist du böse? Wenn ich es mir überlege, also, das war ganz schön blöde, war ich eben gesagt habe. Du hast ja recht, so beschissen geht's mir eigentlich gar nicht, besonders nicht, wenn ich mit dir rede. Klar, du musst dich dauernd um Leute kümmern, denen es viel dreckiger geht als mir! Das finde ich toll von dir, dass du deine Zeit für andere Menschen opferst und zu helfen versuchst, dass du dir dauernd was vorjammern lässt und trotzdem fast immer fröhlich bist und voller Hoffnung und . . .«

Ruths Stimme fuhr scharf dazwischen. »Komm, hör auf mit dem Gequassel! Da ist nämlich wirklich noch jemand andrer, der mich gerade dringend braucht.«

Benjamin fragte eifersüchtig: »Aber brauch ich dich nicht auch gerade dringend?«

»Du? Keine Spur! Du boxt dich schon durch. Wenn du die Finger von dem verfluchten Alkohol lässt, kannst du es auch ohne mich schaffen.«

»Ich könnte – vielleicht. Aber ich will nicht.«

Ruth lachte jetzt laut. »Also gut, bleib noch eine Weile an meinem Strippchen. Ich meine nicht heute Nacht, aber nächsten Dienstag wieder!«

»An deiner roten Schnur.«

»Wieso rot? Jetzt spinnst du aber ganz schön. Tschüs, du verrückter Benjamin!«

Er bastelte sich einen Kalender. Die Montage, Mittwoche, Donnerstage, Sonnabende und Sonntage waren aus weißem Papier, die Dienstage und Freitage aus bunter Pappe. Oben bohrte er Löcher in die Blätter. In Gretas Nähkasten suchte er umsonst nach einer roten Kordel. Er schimpfte mit seiner Mutter, als sie nach Hause kam. Sie verteidigte sich. »Wozu brauche ich eine rote Kordel?«

Aber sie kramte im Flurschrank herum und brachte ein rotes Seidenband, das sie von Weihnachten aufgehoben hatte. Benjamin war damit zufrieden. Er fädelte die Blätter auf, hängte den Kalender über den kleinen Tisch im Wohnzimmer, auf dem das Telefon stand, und stellte die Katze darunter.

»Benjamin, bist du verliebt?«, fragte Greta misstrauisch.

Da erzählte er ihr endlich von Ruth. Natürlich ahnte sie schon etwas. Zwar hatte er ihr eingeredet, dass er sich die Lehrstelle vom Arbeitsamt besorgt hätte, aber die nächtlichen Telefonate waren ihr nicht verborgen geblieben. Er hat ein Freundin, hatte sie gedacht. Wer weiß, was das für ein Mädchen ist. Wenn er nachts so viel mit ihr redet, wird er am anderen Tag müde sein. Sie soll ihn nicht von der Arbeit abhalten. Sie war auch ein bisschen eifersüchtig, dass er diesem Mädchen stundenlang erzählte, während er sich bei ihr ausschwieg.

Als er nun von der Telefonseelsorge redete, atmete sie auf. Gott sei Dank, keine Freundin! Sie hatte sich nicht vorstellen können, dass irgendein junges Ding ihn vom Trinken abbrachte. Aber das hier war etwas anderes. Das waren Leute, die Bescheid wussten, Fachleute. Vielleicht konnten die doch endlich was erreichen. Aber im Ganzen blieb sie skeptisch. Zu vieles war schon probiert worden und hatte sich nicht bewährt, die Entziehungskuren im Krankenhaus nicht, die Medikamente und die ambulante Gruppentherapie nicht, die Guttempler und die Anonymen Alkoholiker nicht. Zu oft hatte sie schon gedacht: Diesmal hat er's geschafft, weil er eine Zeit lang trocken war, nett, sauber, hilfsbereit, fleißig. Aber dann war er plötzlich, von einem Tag auf den andern, wieder umgekippt, frech geworden, missmutig und empfindlich, hatte alles gehen lassen, sich nicht mehr gewaschen und rasiert. Dann wusste sie, dass er wieder trank, anfangs gelegentlich, dann mehr und mehr, schließlich ständig. Dann sah sie, wie er zu einem andern Menschen wurde, einem wilden, bösen, aggressiven. Sie hatte eigentlich zwei Söhne: einen anhänglichen, strebsamen, freundlichen, etwas zu weichen, und einen anderen, der egoistisch war, hart, nur an sich dachte und in seinem Zorn zu allem fähig war, der sie schlug und vor dem sie Angst hatte. Wenn sie abends aus dem Büro nach Hause kam, wusste sie nie genau, welchen dieser beiden Söhne sie dort antraf. Auch jetzt, obgleich der gute Zustand nun schon erstaunlich lange dauerte, wagte sie nicht aufzuatmen. Die Angst konnte sie nicht abschütteln. Sie saß wie ein Krebsgeschwür tief bohrend in ihr.

7

Eines Nachts, an einem Dienstag, war eine fremde Stimme am Apparat, eine Männerstimme.

»Kann ich Ruth sprechen?«

»Ach, Sie sind Benjamin, ja? Ruth hat mir von Ihnen erzählt. Heute müssen Sie mit mir vorlieb nehmen, Ruth ist nicht da.«

Benjamin fragte alarmiert: »Wo ist sie?«

Der andere zögerte, sagte dann beruhigend: »Sie fühlte sich heute nicht wohl. Nichts Schlimmes, aber sie ist zu Hause geblieben.«

»Kann ich sie nicht dort anrufen?«

»Nein, sie braucht Ruhe.« Als Benjamin schwieg, fuhr der Mann fort: »Wollen Sie mir nicht erzählen, wie es mit der Arbeit vorangeht und bei den Anonymen Alkoholikern?«

Benjamin war verletzt. Ruth hatte also alles, was sie gesprochen hatten, weitererzählt oder sogar aufgeschrieben, vielleicht auf einer Karteikarte. Er sah die Karte vor sich. Oben würde stehen: *Benjamin Hansen, mittelschwerer Fall von Alkoholiker.* Unter dem letzten Datum: *Scheint sich ganz gut zu machen, trinkt schon längere Zeit nicht mehr. Man muss ihm nur einreden, es wäre alles gar nicht so schlimm.* So ähnlich würde es dort sicher heißen, und all die Leute aus der Telefonseelsorge konnten es nachlesen. Er war gekränkt und zurückgestoßen.

»Benjamin!« Die Stimme des Mannes klang beschwörend. »Wir sorgen uns um dich und möchten dir helfen. Ich darf doch auch du sagen wie Ruth?«

Das war zu viel. Benjamin warf den Hörer auf die Gabel. Er war kein Kind mehr, das jeder duzen konnte. Seine Vertrautheit mit Ruth war etwas ganz anderes, etwas Besonderes, das sie nur mit ihm teilte – oder nicht? Duzte sie andere, die sie anriefen, auch? Er war eifersüchtig, zornig, traurig. Er musste das alles mit ihr besprechen, wenn sie wieder erreichbar war.

Doch auch am Dienstag und am nächsten Freitag war der Mann am Apparat. »Benjamin?«, fragte er. »Melden Sie sich doch!«

Er sagte wieder *Sie*, doch Benjamin hängte sofort ein. Das dritte Mal, als die fremde Stimme ertönte, meldete er sich. Er musste wissen, was mit Ruth los war.

»Sie wird eine Weile aussetzen müssen«, sagte der Mann.

Benjamin erschrak. »Ist sie schwer krank?«

»Nicht schwer, aber sie musste in ein Krankenhaus und sich dort behandeln lassen. Das dauert ein paar Wochen. Dann ist noch eine Nachkur zu Hause nötig.«

»Was hat sie?«

»Das kann ich Ihnen leider nicht sagen. Dazu bin ich nicht befugt. Aber sie lässt Sie grüßen und lässt Ihnen sagen, Sie möchten doch mit mir reden, ich bin ein guter Freund von ihr. Und ich weiß über Sie Bescheid.«

»Nein, danke.« Benjamin legte langsam auf. Bis die Gabel niedergedrückt war, hörte er noch das Rufen des Mannes: »Benjamin, so hören Sie doch!«

Vierzehn Tage lang verzichtete er auf die Anrufe. Es hatte ja doch keinen Zweck. Die Zeit war öde und traurig. Er ging nur ungern in das Labor, machte seine Arbeit lustlos. Seinen Kalender riss er nie ab. Was nützte es ihm, wenn ein buntes Blatt zu sehen war! Den Anonymen Alkoholikern, die wieder Kontakt mit ihm suchten, antwortete er nur knapp: »Hab keine Zeit!«

Auch den Volkshochschulkurs hatte er aufgegeben. Er konnte die ironische Art des Lehrers nicht ertragen. Kam er abends von der Arbeit nach Hause, setzte er sich zu Greta vor den Fernseher und langweilte sich. Wenn er mit Ruth nicht über Sendungen, die er gesehen hatte, sprechen konnte, machten sie ihm keine Freude.

Seine Arznei nahm er nicht regelmäßig, und wenn Greta ihn fragte: »Hast du deine Medizin genommen?«, ärgerte er sich. Schließlich nahm er die Medikamente aus Trotz gar nicht mehr.

In der dritten Woche rief er in der Telefonseelsorge an. Der Mann war wieder am Apparat. »Ist Ruth immer noch krank?«, fragte Benjamin. »Wie geht es ihr?«

»Besser.« Die Stimme des Mannes klang erleichtert. »Sie lässt Sie grüßen, hat sich schon Sorgen gemacht, weil Sie sich bei mir nicht mehr gemeldet haben. Geht alles gut mit der Arbeit und auch sonst?«

Benjamin ignorierte die Frage. »Ist sie noch im Krankenhaus?«

»Nein, sie ist wieder zu Hause, aber es wird noch ein Weilchen dauern.«

»Wo wohnt sie? Kann ich sie nicht besuchen?«

»Nein, nein, sie braucht Ruhe. Aber ich werde ihr Ihre Grüße bestellen. Und was soll ich sonst noch von Ihnen erzählen?«

»Nichts.« Benjamin hängte ein.

Ruth musste doch ernster krank sein. Er brauchte sie doch. Er brauchte sie so sehr! Die Sorge um sie quälte ihn. Er musste mehr wissen, ihre Adresse erfahren, sie besuchen.

An einem Freitag suchte er sich die Anschrift der Telefonseelsorge aus dem Telefonbuch heraus und fuhr nach der Arbeit zu dem Stadtbahnhof, neben dem das große Haus lag. Am Eingang war ein Schild: *Telefonseelsorge – Konfliktberatung – Selbstmordverhütung.*

Als er die Treppe hinaufstieg, klopfte sein Herz. Seine Hand umkrampfte die kleine Tonkatze, die er in die Tasche gesteckt hatte, um sie Ruth als Geschenk mitzubringen. Oben öffnete ihm eine ältere Frau. »Ja, bitte?«

»Ich möchte Ruths Adresse. Ich will sie besuchen.«

Die Frau zögerte und strich sich ein paar graue Haare aus der Stirn. »Ruth? Sind Sie . . . Ach, kommen Sie doch erst einmal herein.«

Sie führte ihn in einen gemütlichen hellen Raum: ein runder Tisch mit Zeitschriften darauf, ein paar Sessel, ein Landschaftsgemälde an der Wand, dunkelgrüne gepflegte Topfpflanzen auf einem Gestell, eine Pinnwand mit Nachrichten von Jugendklubs, Adressen von Kliniken, die Entziehungskuren machten, ein Plakat, auf dem eine junge Frau lachend aus einem Zugfenster ihrer Familie zuwinkte. *Müttergenesungswerk* stand darunter.

Benjamin schaute sich argwöhnisch im Zimmer um.

»Setzen Sie sich. Sie sind wohl Benjamin?«, fragte die Frau.

Er blieb stehen. »Ja.«

»Wir warten schon lange auf Ihren Anruf. Warum melden Sie sich nicht? Ruth macht sich Sorgen.«

»Wie geht es ihr? Was ist mit ihr?«

»Sie war ziemlich krank, doch jetzt geht es ihr besser. Sie kann aber vorläufig noch nicht arbeiten, noch ein paar Wochen lang nicht.«

»Ein paar Wochen?« Wie eine riesige schwarze Gewitterwand zog dieses Wort *Wochen* über ihn her. »Ich muss sie aber sprechen. Unbedingt!«, sagte er heftig.

Die Frau sah ihn mit ihren grauen Augen mitfühlend an. »Kann mir denken, dass Sie das Bedürfnis haben, aber jetzt müssen wir alle zuerst an Ruth denken und nicht an uns selbst. Ich glaube, dass wir beide ganz gut miteinander auskommen könnten. Ich wollte gerade Tee trinken. Mögen Sie auch eine Tasse?«

Als er nicht antwortete, ging sie in die Küche und klapperte dort mit Geschirr. Benjamin wollte keinen Tee. Er wollte kein Gespräch mit einer freundlichen grauhaarigen Frau – er wollte Ruth. Er drehte sich auf dem Absatz um, lief durch den Vorflur, an der Frau vorbei, die ein Teetablett mit einer Kanne und Tassen trug, schlug die Tür hinter sich zu, sprang die Treppe hinab. Nur weg! Wenn sie ihm Ruths Adresse nicht gab, wollte er nichts mit ihr zu tun haben.

Im Bahnhof blieb er an der Glastür stehen und schaute durch die schmutzigen Scheiben zu dem Haus hinüber. Die Straße entlang war Ruth an jedem Dienstag und Freitag gekommen. Er wusste, dass sie kein Auto besaß. Eine ganz bestimmte Vorstellung hatte er davon, wie sie dort lässig dahergeschlendert käme: groß, schlank, mit blonden Haaren, die ihr bis über die Schultern hingen, in Jeans und legerem Pullover, eine Schultertasche an der Seite. Wenn sie jetzt wirklich käme, würde er aus dem Bahnhof laufen und »Ruth!« rufen. Sie würde sich vor der Haustür umschauen, erstaunt, dann mit ihren hellen Augen etwas blinzeln, ihn kurz ansehen und glucksend lachen. »Benjamin!«, würde sie rufen und ihm die Hand geben. Sie würde sich gar nicht darüber wundern, dass sie sich beide sofort erkannt hatten. Er wusste ja, wie dieses Gesicht aussah: schmal und hübsch, mit einer graden Nase und einem geschwungenen Mund, der sich in den Winkeln hob, wenn sie lachte. Ein kleiner Leberfleck würde auf einer Wange sein, und die Augen wären groß und blau mit langen, dunklen Wimpern. Er kannte dieses Gesicht so genau, weil es demjenigen der Schauspielerin in einem Fernsehstück vor ein paar Tagen ähnlich sehen würde. Damals hatte er gleich gedacht: Sie sieht aus wie Ruth. Wenn er doch Ruth alles erzählen könnte! Aber sie ließen ihn nicht zu ihr. Dabei würde er freundlich und hilfsbereit sein und sie nicht mit eigenen Problemen belasten. Diesmal wollte er nur für sie da sein. Er streichelte die kleine Katze in seiner Jackentasche.

Er schrak zusammen, als ihn jemand an der Schulter berührte. Ein Mann stand vor ihm: ein welkes, verlebtes Gesicht, ein stoppliges Kinn, wirres Haar, trübe, gerötete Augen. Dieses Gesicht war so anders als das eben erträumte, dass Benjamin zurückzuckte.

»Na, na!« Der andere grinste mit gelben, lückenhaften Zähnen. »Engelsgesicht Benjamin! Erkennst du einen alten Kumpel nicht wieder?«

Er hob den Arm, streifte den Ärmel der Jacke zurück und zeigte auf einen schmutzigen Verband um den Unterarm. Jetzt erst erkannte Benjamin den Zimmergenossen aus der Orthopädischen Klinik. Der Mann schien um Jahrzehnte gealtert zu sein. Damals hatte er sich ziemlich modisch und fast elegant gekleidet. Jetzt war er abgerissen, schmuddelig und verkommen.

»Ach ja, wie geht es?«, fragte Benjamin zurückhaltend. »Was macht dein Arm?«

Der Mann lachte. »Gut, gut, Engelsgesicht! Prima geht's mir. Ich bin immer fidel, kann nicht klagen. Wir sind hier eine ganz irre Runde, quatschen miteinander, lachen miteinander, ganz dufte Kumpel alle. Komm mal mit, ich werde dich mit denen bekannt machen.«

Er griff Benjamin am Ärmel und versuchte ihn mit sich zu ziehen. Benjamin machte sich frei. »Lass mal, ich muss nach Hause. Pennen. Muss morgen früh zur Arbeit.«

Der Mann kicherte. »Arbeit? Baust du wirklich so einen Mist, dass du arbeitest, Engelsgesicht? Ich denke gar nicht daran, hab auch so mein Auskommen.« Mit trunkener Stimme fing er an zu singen: »Ich brauche keine Millionen, mir fehlt kein Pfennig zum Glück!« Aber dann zischte er: »Ich glaub fast, du willst von einem alten Kumpel nichts mehr wissen. Bist zu fein geworden, ein feiner Pinkel, was?« Und dann, mit weinerlichem Unterton: »Und ich hab mich so gefreut, als ich dich sah, hab gedacht, da ist mein lieber Freund Benjamin, der war immer so 'n dufter Kumpel, der wird dich bestimmt nicht verachten, wenn dein Anzug auch nicht mehr so elegant ist wie früher.«

Er betrachtete trübselig die schmutzige braune Jacke mit der zerrissenen Tasche, fuhr mit dem Finger an dem ausgefransten Ärmel entlang, zupfte an den Fäden eines abgerissenen Knopfes, drehte die Füße in schmutzigen Schuhen mit schief getretenen Absätzen hin und her. Ein säuerlich-muffiger Geruch ging von seinen Kleidern aus. Als der Mann jetzt wieder hochblickte, war sein Gesicht voller Bitterkeit. »Na denn, mach's gut, Kleiner.« Er drehte sich um, den Kopf zwischen die Schultern gezogen, um davonzuschlurfen.

Er tat Benjamin plötzlich Leid. Der Mann hatte sich damals im Krankenhaus am meisten um ihn bemüht, war auch manchmal für ihn einkaufen gegangen und hatte versucht Benjamin aufzuheitern. Ohne Frage war der Mann jetzt in Not. Es war nicht anständig, dass Benjamin ihn jetzt so behandelte. Er rief hinter ihm her: »Hör mal, ich bin nur ein bisschen müde, aber wenn du gerne mit mir reden möchtest!«

Der andere strahlte auf einmal. »Hab ich's doch gewusst! Bist doch 'n feiner Kerl. Nicht so 'n Scheißer, der seine alten Kumpel vergisst, wenn es ihm besser geht. Nun komm aber, komm schon, damit ich den alten Säcken dahinten zeigen kann, was ich für prima Freunde habe!«

Er zerrte Benjamin hinter sich her in eine Ecke des Bahnhofs, wo eine Gruppe von Männern beisammenstand. Die Männer lungerten dort lässig, die Hände in den Hosentaschen, als hätten sie viel Zeit. Bis auf einen wirkten alle abgerissen. Einer hielt eine Flasche mit einer hellen Flüssigkeit in der Hand.

»Hallo, Armleuchter, wen bringst du uns da? Was schleppst du denn da für einen Pisser an?«, rief ein kleiner Mann mit einer riesigen Nase in seinem dünnen Gesicht. Seine Jacke hatte keine Knöpfe mehr, sondern war mit einer Sicherheitsnadel zusammengesteckt.

»Halt die Schnauze, du Nase!«, rief der mit dem Arm böse. Er wandte sich einem großen dicken Menschen zu, der mächtig in Schale war, fand Benjamin: beige-braun karierte Jacke, grünes Hemd, orangeroter Schlips, helle Lederstiefel, prall sitzende grüne Cordsamthosen. »Darf ich dir meinen Freund Benjamin vorstellen, Paschunke?«, fragte der mit dem Arm stolz. Der Mann mit Namen Paschunke machte einen gezierten Kratzfuß. »Angenehm!« Er grinste jovial, ohne dabei seine Zigarette aus dem Mundwinkel zu verlieren. »Schmeiß den Schnaps rüber, Karlchen!«, rief er.

Ein ausgemergelter Mann mit abstehenden Ohren, der ein törichtes Kindergesicht hatte, presste die Flasche an seine Brust.

»Gib die Flasche, du alter Sack!«, zischte Paschunke drohend.

Der mit den abstehenden Ohren, den sie Karlchen nannten, wurde rot. »Klar, Boss, wie du willst, Boss!«

Mit einer Handbewegung, als serviere er als Oberkellner in einem Grandhotel ein Glas Sekt, reichte Paschunke Benjamin die Flasche. »Trink einen Willkommensschluck mit uns«, flötete er.

Benjamin wehrte ab. »Danke, ich mag jetzt nicht. Außerdem muss ich nach Hause, muss morgen früh zur Arbeit.«

»Zur Arbeit! Da verdienst du wohl was, da haste wohl Moneten, he?«, fragte Nase eifrig.

»Schnauze«, zischte Paschunke und wandte sich wieder Benjamin zu. »Aber das geht ja nun mal nicht! Wenn du ein Freund von unserem lieben Armleuchter bist, musst du schon mithalten, kannst nicht gleich wieder abhauen! Stimmt's Armleuchter?«

Der aus dem Krankenhaus lächelte geschmeichelt und erklärte Benjamin: »Armleuchter sagen die zu mir wegen meinem Arm. – Aber nun mach mal, Junge, nimm 'nen Schluck!«

Paschunke fragte lauernd: »Oder biste dir zu fein dazu?«

Benjamin erschrak. Der Mann hatte Recht. Er fand sich wohl wirklich zu fein dazu, mit diesen Leuten hier herumzustehen. Dabei war er schließlich auch nichts Besseres, wusste, wie das ist, wenn man das Leben nicht mehr ertragen kann, wenn man dann zur Flasche greift, weil danach die Welt viel besser aussieht. Die hier waren auch Menschen, nicht viel anders als er. Ein Schluck würde ihm schon nicht schaden, und es würde ihn vielleicht ein bisschen aufheitern, denn ohne Ruths Hilfe kam er doch nicht weiter, allein schaffte er es nicht. Wozu sollte er sich dann noch quälen? Er griff nach der Flasche und trank unter dem Beifallklatschen der Männer. Warm rieselte ihm das scharfe Getränk die Kehle hinunter: ein kleines, lang entbehrtes Glücksgefühl. Er hatte eben noch geglaubt, die primitive Sprache, die Gebärden und den muffigen Geruch, den die Männer ausströmten, nicht ertragen zu können, hatte gerade das Bedürfnis gehabt, nicht mit ihnen zusammen den missbilligenden Blicken der Reisenden, die von den Zügen kamen und durch die Halle gingen, ausgesetzt zu sein. Jetzt wurde ihm das plötzlich gleichgültig. Je öfter die Flasche kreiste, desto mehr fand er das Entsetzen der normalen Bürger eher komisch. Er betrachtete die Männer neben sich mit Interesse, ja, nicht ohne Sympathie. Paschunke war offensichtlich der Boss der Gruppe. »Von Beruf Ringer«, flüsterte ihm Armleuchter zu, »aber jetzt hat er 'nen andern Job.« Er kicherte. »Nasen-Paule hat früher mit Lumpen gehandelt und Karlchen war Maurer. Karlchen hat 'nen leichten Dachschaden, merkste? Na ja, jetzt sind wir alle von Beruf Freiherren. – Aber nun zeig ich dir 'nen echten Adligen. Hallo, Baron!« Er winkte einem Mann mit rotblondem Haar zu, der in der Ecke lehnte, mit glasigen Augen vor sich hin stierte und nur munter wurde, wenn sich ihm die Flasche näherte. Dann griff er gierig zu. Ab und zu schüttelte ein trockener Husten den mageren Brustkorb. »Ja, ja, in so feinen Kreisen biste«, sagte Armleuchter stolz. »Das is 'n ganz echter Baron – superblaues Blut, so blau, dass er auch sonst immer blau ist.«

Er legte den Kopf zurück und lachte schallend. Benjamin lachte mit. Zugegeben, das war hier eine seltsame Atmosphäre: der schmutzige, mit Papier übersäte Bahnhof, die Reisenden, die hastig und als hätten sie Angst vor den Männern, die Halle mit ihrem Gepäck durchquerten, der ranzige Geruch nach verschwitzten Kleidern, Staub,

Urin und Currywurst. Aber das alles gab ihm ein Gefühl der Freiheit und Unabhängigkeit. Diese Männer hier mussten nicht abends den Wecker stellen und morgens aufstehen, sich waschen, rasieren, die Zähne putzen, zur Arbeit hetzen, sich vom Chef runterputzen lassen, nach Hause hasten, für die Berufsschule lernen, für Mutter etwas im Haushalt basteln, was mal wieder kaputtgegangen war, mit ihr ein langweiliges Ratespiel im Fernsehen anschauen, weil sie sich sonst allein fühlte, wieder den Wecker stellen, wieder morgens aufstehen, waschen, rasieren, Zähne putzen, wieder arbeiten und so fort und so fort, immer dasselbe. Die Männer hier waren frei, frei wie die Vögel, und er sehnte sich plötzlich heftig nach solcher Freiheit. Die Flasche kreiste. Als sie leer war, griff Benjamin wie selbstverständlich in die Tasche, zog einen Zehnmarkschein heraus. Nasen-Paule schnappte ihn sich mit einer schnellen Bewegung, verschwand wie eine huschende Eidechse und kam kurz darauf grinsend mit einer neuen Flasche zurück.

»Her mit dem Wechselgeld«, knurrte Paschunke.

Nasen-Paule wand sich. »Aber der Kleine hat's doch, der ist doch 'n Kapitalist, der kann doch 'nem armen Schlucker mal 'n kleines Taschengeld geben.«

»Wechselgeld!«, brüllte Paschunke jetzt und machte eine drohende Bewegung.

»Ja, ja, ist ja schon gut«, murrte Nase und holte ein paar Münzen aus der Hosentasche. Auf Paschunkes drohende Gebärde hin griff er noch einmal in die Tasche, murmelte »Scheiße«, förderte den Rest zu Tage.

Paschunke beachtete ihn nicht mehr. Seine Aufmerksamkeit war durch eine Frau in Anspruch genommen, die eben den Bahnhof betreten hatte. Er spuckte die Zigarettenkippe aus, die ihm bis jetzt im Mundwinkel gehangen hatte, und schlenderte zu der Frau hinüber. Karlchen stürzte sich gierig auf die glühende Kippe, klaubte sie vom schmierigen Fußboden, steckte sie in den Mund und paffte hastig, um sie am Ausgehen zu hindern. Paschunke und die Frau sprachen miteinander. Die Frau trug einen ganz kurzen schwarzen Rock, lange Stiefel, die bis zu den Oberschenkeln reichten, eine lila Jacke mit einem fludrigen Pelzkragen und darunter eine prall sitzende, weiße Bluse mit tiefem Ausschnitt. Ihr aufgebauschtes Haar war platinblond gefärbt, das nicht mehr junge Gesicht mit dunkelblauen Lidschatten, langen künstlichen Wimpern und einem breiten, rot geschminkten Mund zu einer starren Maske geworden.

Benjamin sah Armleuchter fragend an. »Wer ist das?«

Armleuchter grinste. »Eins seiner Pferdchen. Er ist nämlich Rennstallbesitzer. Bringt ihm 'ne ganze Menge ein – siehste?«

Die Platinblonde kramte jetzt in ihrer schwarzen Lackledertasche und reichte Paschunke ein paar Scheine. Paschunke steckte sie weg, hielt aber noch einmal die Hand auf. Die Frau schüttelte den Kopf. Paschunke rührte sich nicht, streckte ihr nur weiter die Hand entgegen. Ärgerlich öffnete die Platinblonde wieder die Tasche und gab ihm noch einen Schein. Paschunke nickte gnädig und machte eine Bewegung mit dem Daumen, die nach draußen wies. Die Frau warf den Kopf zurück und trippelte auf den hohen Absätzen ihrer Stiefel zornig davon.

Paschunke kam zu ihnen zurück.

»Gute Geschäfte?«, fragte Nasen-Paule servil.

»Geht dich 'nen Dreck an!« Paschunke wandte sich wieder Benjamin zu. »Das war die Elli. Klasseweib. Und spurt prima!«

Benjamin war plötzlich die Lust an dieser Männergemeinschaft vergangen. Er fühlte sich schwindelig, ihm war übel und bleierne Müdigkeit ließ seine Glieder schwer werden. Er wollte nach Hause, musste schlafen. Doch gerade als er sich verabschieden wollte, kam wieder ein Mädchen zögernd durch die schmutzige Glastür in den Bahnhof und schaute sich suchend um. Ein ganz junges Ding, eigentlich noch ein Kind mit einem zarten, blassen Gesicht. Sie war sehr mager, trug die Hände in den Taschen ihrer Jeansjacke, die Schultern hochgezogen, als fröre sie. Das strähnige, aschblonde Haar fiel ihr lang bis auf den Rücken. Armleuchter stieß Paschunke an. »Du, da ist die Margitta!«

Paschunke zog die Augenbrauen hoch. »Die kleine Schlampe! Mit der hab ich ein Hühnchen zu rupfen!« Er ging zu dem Mädchen hinüber.

»Was will er von ihr?«, fragte Benjamin. »Die ist doch noch so jung?«

Armleuchter nickte. »Vierzehn Jahre, glaub ich. Aber das mögen viele Männer am liebsten.«

»Die müsste doch eigentlich noch zur Schule gehen! Warum macht die das? Hat sie keine Eltern? Und was hat Paschunke mit ihr zu schaffen?«

»Du bist wirklich das reinste Wickelkind«, grinste Armleuchter verächtlich, »keine Ahnung vom Leben! Die beiden Zicken gehen für den Paschunke anschaffen. Na, nu guck nicht so dämlich. Die machen's für Geld. Und weil der Paschunke ihnen den Platz bezahlt hat, auf dem sie stehen dürfen, und weil er ihnen ab und zu Kunden besorgt, deshalb ist er ihr Boss und kann bei ihnen kassieren. Die Elli, die bringt ihm ja auch ganz schön was ein, aber die Margitta, na ja, rauschgiftsüchtig, wie die ist . . . Deshalb macht sie's ja bloß. Wenn die sich mal wieder 'nen Schuss leisten kann, ist sie high, aber danach verpennt sie die beste Zeit und Paschunke hat's Nachsehen. Dann muss er ihr sogar noch mit Geld auf die Beine helfen zum Fixen, damit sie wieder was taugt. Natürlich ist er irre sauer, dass ihm die Schnepfe so viel Ärger macht.«

Benjamin konnte sich nicht vom Fleck rühren. Er musste das Paar dort drüben anstarren. Paschunke redete heftig auf das Mädchen ein. Sie antwortete nicht. Aber plötzlich liefen Tränen über das blasse Gesicht. Paschunke griff sie am Arm. Das Mädchen versuchte sich freizumachen und schüttelte den Kopf. Da schlug ihr Paschunke brutal ins Gesicht. Der Kopf des Mädchens flog herum, das lange Haar wild auf ihrem Rücken. Benjamin musste plötzlich an Ruth denken. Seine Müdigkeit war wie verflogen und die Trunkenheit verlieh ihm den rasenden Zorn, wie er ihn in nüchternem Zustand nie hätte aufbringen können. Zur Verblüffung der Männer stürzte er sich auf Paschunke, schlug ihm mit der flachen Hand ins Gesicht, boxte ihn ungeschickt auf den Arm, der das Mädchen hielt, und trommelte mit den Fäusten auf den mächtigen Brustkorb. Paschunke, den der Angriff völlig unerwartet traf, ließ das Mädchen los, das schnell davonhuschte. Er griff Benjamin am Kragen und schüttelte ihn wie einen Hasen. Aber die Wut gab dem Jungen ungeahnte Kräfte. Er stieß mit den Füßen nach dem Schienbein des Mannes. Mit einem Schmerzenslaut ließ der ihn los.

»Junge, hau doch ab!«, hörte Benjamin Armleuchter schreien. Aber er konnte nicht mehr laufen, weil der Alkohol ihn nur noch taumeln ließ, und er wollte auch nicht. Er konnte seine Wut nur dadurch loswerden, dass er etwas warf, was er plötzlich in seiner Hand fühlte, mitten in das dicke, rote, wütende Gesicht hinein. Scherben rieselten auf das grüne Hemd, Blutströpfchen traten aus einem Schnitt über der Nasenwurzel.

Dann war es wie der Schlag eines Schmiedehammers. Benjamin spürte, wie ihm der stechende Schmerz vom Kopf bis in den Rücken drang. Grüne, rote, gelbe Sterne explodierten vor seinen Augen. In den Ohren war ein dumpfes Sausen. Sein Kopf schien anzuschwellen, größer und größer zu werden. Wenn nur der rasende Schmerz hinter der Stirn nicht wäre. Er fühlte es warm und klebrig in den Augen. Ein zweiter Schlag traf ihn, ein dritter, ein vierter. Die Beine rutschten ihm weg. Die Bahnhofshalle drehte sich in einem Taumel um ihn, der Fahrkartenschalter, die entsetzten Gesichter von Reisenden, der Würstchenstand, die dreckigen Fliesen kamen näher. Zwei helle Lederstiefel ragten vor ihm auf wie Säulen. Alles war in flammendes Gelb getaucht, dann in Grau, dann in Schwarz.

Jemand rüttelte ihn an der Schulter. Warum ließen sie ihn nicht schlafen? Sein Kopf war wie ein riesiger schwerer Stein, doch nicht gefühllos, sondern voll tobender Schmerzen. Benjamin brummte abwehrend, aber wieder packte ihn jemand an der Schulter und rüttelte ihn. »He, du alter Saufkopf! Nun wach schon auf, wird's bald?«

Er versuchte die Augen zu öffnen, aber nur ein Lid ließ sich mit großer Mühe heben. Das andere blieb geschlossen. Vor ihm stand ein Mann in einer Uniform, mit einem blonden Bürstenschnurrbart über einem dicklippigen Mund, der sich jetzt zu einem runden »O« formte. »Oooh, na endlich. Wurde auch Zeit!«

Benjamin sah sich um. Er befand sich in einem schmalen, sauberen Raum, der nach Desinfektionslösung roch. In der Ecke waren ein Tisch mit einer karierten Decke und ein Stuhl, gegenüber eine Kloschüssel, keine Bilder an den Wänden, ein kleines vergittertes Fenster.

Er saß auf einem niedrigen Bett mit grauen Wolldecken. »Wo bin ich?«, fragte er und hielt sich den schmerzenden Kopf. »Au, verdammt! Wo bin ich bloß?«

Der blonde Bürstenschnurrbart bebte und der Mund wurde wieder rund. »Oooh, keine Ahnung hat er, wo er ist, der Penner. Im Kittchen bei den lieben Bullen, wie ihr uns immer so zärtlich nennt. Aber dass wir dir vielleicht das Leben gerettet haben – weißte? Die Funkstreife wurde von irgendjemand alarmiert. Da wäre 'ne mächtige Keilerei im Bahnhof! Und als die hinkamen, da war echt was los, o Mann! Du auf dem Fußboden, schon völlig weggetreten. Und ein großer Dicker trampelte munter auf dir rum. Mit schicken gelben Lederstiefeln. War 'n lieber Bekannter von uns, der Paschunke. Aber dich kennen wir noch nicht und den Paschunke mussten wir leider wieder laufen lassen, weil zwei Zeugen behauptet haben, du hättest ihn wiederholt angegriffen und er hätte sich nur gewehrt. Notwehr! Bei dem Schrank gegen dich Hering. Wie biste da bloß reingerutscht?«

»Aber warum haben Sie mich nicht nach Hause gebracht?«

»Nach Hause? Du bist gut! Woher sollten wir denn wissen, wo du zu Hause bist? So ohne Ausweis. Alle Taschen leer. Und aus dir war ja kein Wort rauszukriegen, blau wie 'n Veilchen, wie de warst.«

Benjamin tastete mit der linken Hand seine Jackentasche ab, den rechten Arm konnte er nicht bewegen. Die Brieftasche, die Schlüssel, die Monatskarte, das Portmonee, alles war fort.

»Na, hamse dich noch schnell entleert, die Brutalinskis?«,

fragte der Polizist mitfühlend. »Wie viel haste denn bei dir gehabt?«

»Fünfzig und 'n bisschen Kleingeld.«

Der Beamte verdrehte die Augen nach oben. »Na, denn komm mal mit zum Chef, wegen Protokoll.«

Der Chef war ein dicklicher dunkelhaariger Mann, der gerade telefonierte, als der Polizist und Benjamin den Raum betraten. Er winkte Benjamin, sich zu setzen. Der Polizist verließ den Raum. Der Junge starrte gierig auf die Tasse Kaffee, die neben dem Telefon stand. Das würde ihm jetzt gut tun! Der Beamte legte den Hörer auf und machte sich Notizen, ließ ihn warten. Dann schob er ihm mit spitzen Fingern über den Tisch einen Ausweis zu. »Ist das deiner?«

Benjamin nickte.

»Haben Leute beim Ausleeren der Papierkörbe am Bahnhof gefunden. War das alles, was du bei dir hattest?«

Benjamin schüttelte den Kopf. »Nein, über fünfzig Mark – aber ist egal.«

»So, so, fünfzig Mark – und ist egal. Bist 'n Krösus, was? Nun erzähl mal, wie du da reingeraten bist. Siehst doch gar nicht so aus, als wenn du dazugehörst.«Als er sah, wie mühsam Benjamin die Augen offen hielt, stand er auf, nahm aus dem Schrank eine Tasse und goss aus einer Blechkanne schwarzen Kaffee ein. »Da, trink!« Der Kaffee brachte ihn halbwegs zu sich. Benjamin konnte erzählen. Er verschwieg, dass er Ruth hatte besuchen wollen. Ruth sollte hier in diesem Zusammenhang überhaupt nicht erwähnt werden. Auch das Mädchen Margitta verschwieg er. Er hatte Angst, dass er ihr vielleicht schaden könnte. Der Mann grunzte. »Wolltest mal so richtig das volle Menschenleben kennen lernen, dass du dich mit denen eingelassen hast, was? Und warum bist du dann noch auf den Stier Paschunke losgegangen, einen der übelsten Schlägertypen? Du warst wohl lebensmüde?«

Er beugte sich zu Benjamin hinüber. »Also, Scherz beiseite, Junge. Wenn unsere Leute nicht gerade dazugekommen wären, dann hättest du vielleicht den Löffel endgültig abgegeben.« Er schrieb Benjamins Personalien vom Ausweis ab, machte sich ein paar Notizen und gab ihm den Ausweis zurück. »Hier – und nun hau ab. Aber ich will dich hier nicht wiedersehen. Nie mehr, kapierst du?« Benjamin erhob sich und blieb zögernd stehen. Der Beamte sah auf.

»Ist noch was?«

»Ich hab kein Geld!«

Der Mann stöhnte auf. »Liebe Zeit! Müssen wir den Prinzen noch mit 'nem Taxi nach Hause bringen!« Er griff nach dem Telefon und gab eine kurze Anweisung, dass der Junge mit dem Funkwagen nach Hause gefahren werden sollte.

In der Tür drehte sich Benjamin noch mal um. »Und danke schön für den Kaffee!«

Der Mann brummte nur und schrieb weiter.

Obgleich es elf Uhr vormittags war, war die Mutter in der Wohnung. Sie saß schluchzend auf einem Küchenstuhl. »Benni, wo warst du? Mein Junge, warum hast du nicht ... Ich hab solche Angst gehabt! Die ganze Nacht kein Auge zu ... Warum hast du nicht wenigstens ... Wieder die Sauferei? Ja, wieder die Sauferei! Also, leg dich hin!« Doch dann betrachtete sie ihn näher. »Gott, wie siehst du aus! Das Blut! Überall Blut! Und die Jacke zerrissen! Die gute Jacke! Und das Auge – ganz zugeschwollen! Was ist mit dem Arm? Was haben sie mit dir gemacht?« Ihre Stimme bebte vor Zorn und Kummer. Tränen liefen ihr über das Gesicht. Sie schniefte.

»Heul nicht schon wieder«, fuhr Benjamin sie an. »Und putz dir die Nase!«

Sie holte gehorsam ihr Taschentuch hervor, schnaubte und wischte sich die Tränen ab. Dann half sie ihm beim Ausziehen.

»Verdammt noch mal, sei doch vorsichtig mit dem Arm!« Widerwillig ließ er sich von ihr waschen und ein Pflaster auf den Riss in der Stirn kleben. Doch als sie ihn zudecken wollte, schrie er: »Hau ab!« Er drehte ihr den Rücken zu, zog die Steppdecke über die Ohren und bohrte den Kopf in die Kissen.

Ärger kam in ihr hoch. Warum musste sie sich von ihm so behandeln lassen? Sie wollte ihn anschreien, aber dann biss sie sich auf die Lippen. Wieder einmal hatte sie Angst vor ihm. Sie wusste ja, dass er grob und rücksichtslos wurde, wenn er sich schämte. Sie rief im Labor an und sagte, dass er krank geworden sei. Ja, ja, wenn es länger als drei Tage dauerte, würde er eine Krankmeldung schicken. Aber sie glaubte, er würde bald wieder kommen können.

Sie legte ihm einen Zettel auf den Küchentisch, dass ein Topf mit Suppe im Kühlschrank stehe. Vielleicht würde er schneller nüchtern, wenn er etwas in den Magen bekam.

Als sie in der Bahn auf dem Weg zu ihrer Arbeitsstelle saß, lehnte sie den Kopf an die harte Lehne der Bank. Blicklos starrte sie aus dem Fenster, sah nicht die Großstadthäuser, Plätze und Autostraßen, sah nur den schwarzen, wuscheligen Hinterkopf in den Kissen. Manchmal hasse ich ihn, dachte sie, ich glaube, ich halt das jetzt nicht länger aus. Warum macht er mir mein Leben kaputt? Warum kann er nicht sein wie die Söhne von anderen Müttern, zur Schule gehen oder vernünftig eine Lehre machen? Diesmal hatte ich ein bisschen Hoffnung – ach nein, stimmt nicht, ich hab's mir gleich gedacht, dass es wieder nichts wird. Jetzt wird's wieder losgehen mit ihm, er wird wochenlang trinken, die Arbeit verlieren, sich schämen, und weil er sich schämt, wieder trinken und dann toben und mich schlagen.

Die Bitterkeit machte ihre Lippen hart. Warum hilft ihm der Arzt nicht? Aber zu dem ist wohl gar nicht mehr gegangen. Und die Anonymen Alkoholiker? Aber die hat er wohl auch vor den Kopf gestoßen. Und die Telefonseelsorge? Das fing damit doch so gut an. Warum können die ihn nicht halten? Dann fiel ihr ein, dass Benjamin gesagt hatte, Ruth sei krank und dass er sich weigere, mit jemand anderem zu sprechen. Sie würde versuchen das Mädchen zu erreichen, auch wenn sie krank war. Darauf konnte Greta jetzt keine Rücksicht nehmen. Das Mädchen musste wieder helfen – sie konnte Benni doch nicht so einfach hängen lassen! Nein, das konnte sie ihm nicht antun!

Eine Welle von Mitleid spülte Gretas Hass auf Benjamin fort.

Als Benjamin erwachte, war es fast Mittag. Die Kopfschmerzen und die Übelkeit waren fort, aber er fühlte sich elend und deprimiert. Er suchte in seinem Nachtkasten nach Zigaretten, fand keine und schlurfte ins Wohnzimmer hinüber. Neben dem Telefon lag das angebrochene Päckchen von Greta. Während er eine Zigarette herauszog, wobei ihn der verletzte Arm schmerzte, fiel sein Blick auf den Kalender. Das orangerote Blatt war wie ein grelles Signal. Der erste Oktober! Das war schon mehr als vierzehn Tage her. So lange hatte er nicht mehr bei der Telefonseelsorge angerufen und den Kalender auch nicht abgerissen. Wozu sollte er? Der Tisch unter dem Kalender erschien ihm leer. Etwas fehlte. Die Katze fehlte. Hatte Mutter die Katze weggeräumt? Doch da fiel ihm ein, dass er sie ja gestern in der Tasche gehabt hatte, um sie Ruth zu schenken. Und dann? Hatte er nicht nach Paschunke mit etwas geworfen, was er gerade in der Hand fühlte, etwas, was an Paschunkes Stirn in Scherben zerbarst? Jetzt erst begriff er, dass es die Katze, Ruths Katze, gewesen war. Er fühlte einen schneidenden Schmerz. Das Einzige, was er wirklich einmal zu Stande gebracht hatte, war zerstört. So ging es ihm immer und so würde es auch in Zukunft immer sein: Nichts im Leben würde ihm gelingen, was Bestand hatte. Er war ein Versager, der seiner Umwelt nur zur Last fiel. Er warf die Zigarette fort, legte den Kopf in die Hände. Dieses Elend war nicht mehr zu ertragen. Er musste etwas dagegen tun. Er stand auf. Ob Greta noch irgendwo eine Flasche Bier versteckt hatte? Alkohol war das Einzige, was ihm über diesen unerträglichen Zustand hinweghelfen konnte. Aber in Kühlschrank und Speisekammer fand er kein Bier. Er suchte im Küchenportmonee nach Geld, um sich Bier zu holen. Aber auch das Portmonee war leer. Er warf sich bäuchlings auf die Couch im Wohnzimmer, drückte den Kopf in die Kissen und dämmerte vor sich hin. Manchmal schlief er ein wenig, dann wieder standen Bilder vor seinen Augen, liefen ab wie ein Film, der aber immer wieder riss: die zerlumpten Männer, der schmutzige Bahnhof, Nasen-Paules schiefes Grinsen, als er eine neue Flasche brachte, die abschätzigen Blicke der Reisenden, Paschunkes fette Fratze, mal süßlich freundlich, dann wieder verzerrt vor rasender Wut, mit grausamen Augen.

Immer wieder aber schob sich Margittas Kindergesicht dazwischen, blass, das lange, blonde Haar nach der

Ohrfeige wild auf dem Rücken tanzend, der zerbrechlich dünne Körper.

Wenn er doch jemanden von all dem erzählen könnte! Ruth? Aber Ruth war nicht erreichbar.

Als Greta nach Hause kam, lag er noch immer auf der Couch. Sie setzte sich neben ihn. »Geht's dir besser, Benni?«

Er drehte sich der Wand zu. »Ach, lass mich zufrieden!«

Sie legte ihm die Hand auf die Schulter. »Benni, ich muss dir was erzählen. Ich hab mit Ruth gesprochen!«

Er fuhr herum und starrte sie ungläubig an. »Ruth?«

Sie nickte. »Sie will dich sehen, du kannst sie besuchen.«

Warm stieg etwas in ihm hoch, es war beinahe Freude. Aber dann gab es ihm einen Stich. »Warum lässt sie sich von dir sprechen und nicht von mir?«

Greta streichelte seinen Arm. »Benni, die in der Telefonseelsorge, die wussten doch nicht . . . Wenn die gewusst hätten, bestimmt hätten sie dir dann Ruths Telefonnummer gegeben.«

Er setzte sich auf. »Hast du Ruth gesehen?«

Sie schüttelte den Kopf. »Nein, ich hab sie angerufen und hab ihr gesagt, dass es dir nicht gut geht, dass du dringend mit ihr sprechen musst.«

»Hast du ihr gesagt, dass ich wieder getrunken habe?«

Als die Mutter nickte, wollte er wütend auffahren, aber sie hielt seine Hand fest. »Benni, sie ist eigentlich noch krank. Man hätte mir ihre Adresse nicht gegeben, wenn es nicht ganz wichtig gewesen wäre. Deshalb musste ich doch sagen, was los ist mit dir.«

Er wollte losschnauzen, böse sein, aber die Freude war stärker. Er würde Ruth sehen! Er konnte Ruth alles erzählen!

8

Am nächsten Nachmittag nach der Arbeit sollte er zu ihr kommen. Greta gab ihm einen Zettel mit der Adresse. Er suchte sich den Stadtplan hervor und beschäftigte sich eine Weile damit, die besten Verkehrsverbindungen herauszufinden. Er lief ins Badezimmer, starrte sich im Spiegel an. »Wie kann ich bis morgen das blaue Auge wegkriegen? Und ist der graue Rollkragenpullover gewaschen?«

»Der Pullover ist nicht schmutzig. Und das Auge? – Wir werden heute Abend kalte Umschläge machen.«

Dann stand er vor einem alten grauen Mietshaus mit kleinen Eisenbalkonen und einem winzigen Vorgarten. Er öffnete die schwere Haustür, gegen die sich Ruth wohl oft gestemmt hatte. Sein verletzter Arm schmerzte, als er gegen die Tür drückte. Er ging zögernd und langsam die Stufen neben dem vergitterten Fahrstuhl hinauf, die Ruth sicher schnell hinaufsprang. Trotzdem klopfte sein Herz nun heftig. Würde er wohl dem entsprechen, was Ruth sich unter ihm vorgestellt hatte? Würde sie ihn mögen? Er stand eine Weile unschlüssig vor der Tür mit dem geputzten Messingschild *Bremer*. Nachdem er auf den Klingelknopf gedrückt hätte, würde Ruth ihm öffnen, in der Tür stehen und ihn prüfend betrachten. Plötzlich hatte er Angst, dass er sie enttäuschen könnte, dass ihre Vertrautheit durch diese Begegnung zerstört würde.

Er wollte sich schon umwenden, wieder gehen, da fiel

ihm ein, was Ruth einmal gesagt hatte: »Du musst nicht immer gleich aufgeben!«

Er klingelte kurz und hastig. Eilige Schritte näherten sich. Die Tür wurde geöffnet. Eine rundliche ältere Frau mit krausen dunklen Haaren und einer starken Kurzsichtigenbrille, eine Küchenschürze eng um den fülligen Leib gebunden, sah ihn fragend an. Als er sie verwirrt betrachtete, sagte sie: »Wollen Sie zu Bremer?«

Benjamin nickte. »Ja, zu Ruth.«

Die Frau wandte sich um. »Ruth, Ruthi, hier ist Besuch für dich!«

Sie ließ ihn ein und ging ihm voran durch die kleine Diele zu einer Tür, die einen Spalt weit offen stand. Sie öffnete sie ganz, ließ ihn an sich vorbeigehen und verschwand dann hinter einer anderen Tür, aus der Küchengerüche drangen.

Es war ein helles, großes Zimmer, weiße Wände, mit modernen Grafiken behängt, mit ein paar Postern und einem Plakat, auf dem der Physiker Einstein übermütig die Zunge herausstreckte. Eine breite Couch war mit einer bunten indianischen Decke belegt. Als Lampe diente ein japanischer Lampion. Auf einem niedrigen Tisch leuchtete eine gelbe Rose in blauer Glasvase. An der Wand der Couch gegenüber stand ein großes Regal mit vielen Büchern, daneben ein Plattenspieler, aufgeklappt, mit einer Platte auf dem Teller.

Am Fenster saß in einem Lehnstuhl ein Mädchen in braunem Rollkragenpullover mit einer Bernsteinkette. In der Hand hielt sie ein aufgeschlagenes Buch. Über ihre Knie war eine karierte Decke gebreitet. Zuerst war Benjamin enttäuscht. Sie war anders, als er sie sich vorgestellt hatte, kein ganz junges Mädchen mehr, eher eine junge Frau mit gebräuntem Gesicht unter einer kurzen, schwarzlockigen Jungenfrisur. Die Augen waren braun mit dunklen Ringen darum und dichten, geraden, schwarzen Augenbrauen, die fast bis an die Nasenwurzel reichten. Der Mund mit seiner vollen Unterlippe wirkte spöttisch. Seltsam waren ihre Hände, die das Buch zusammenklappten und beiseite legten: sehr dünn, mit Muskeln, die zwischen den langen, kräftigen Handknochen fast verschwanden.

Sie stand nicht auf, kam nicht auf ihn zu, sie blieb sitzen, reichte ihm auch nicht die Hand. War es wirklich Ruth?

»Hallo, Benjamin«, sagte sie. Und jetzt erkannte er ihre Stimme. »Setz dich!« Sie zeigte auf einen Stuhl ihr gegenüber. Er setzte sich zögernd. »Warst du sehr krank?«, fragte er zaghaft.

Sie zuckte mit den Schultern. »Ach, das Übliche. Von Zeit zu Zeit muss ich mal aussetzen – ein neuer Schub.«

»Ein Schub?«, fragte Benjamin verständnislos.

Ruth nahm die Decke von ihren Knien. Und nun sah er es: Sie saß nicht in einem gewöhnlichen Lehnsessel, es war ein Rollstuhl, und ihre Beine in grauen Flanellhosen hingen leblos, schlaff und wie verdorrt über den Sitz. »Multiple Sklerose – wenn du weißt, was das ist«, sagte sie. »Lähmungen.«

Benjamin sprang auf. Das Blut schoss ihm in den Kopf. »Aber das hab ich ja gar nicht gewusst!«, stammelte er entsetzt. »Das tut mir wahnsinnig Leid!«

Das Gesicht des Mädchens veränderte sich. Eine Falte bildete sich über der Nasenwurzel und fügte die Augenbrauen zusammen wie einen nahtlosen Balken. Ihre Unterlippe wölbte sich zornig. Sie sah von ihm fort zum Fenster hinaus. »Ich werde schon damit fertig«, sagte sie. »Dein verdammtes Mitleid kannst du dir sparen!«

Er stand hilflos da, starrte sie an und wusste nicht, was er sagen sollte.

Doch Ruth hatte sich schon wieder gefangen. »Na los, nun setz dich wieder! Ich weiß, so was ist erst einmal ein Schock. Aber ich kann ganz gut so leben.«

Benjamin war erleichtert, dass die ältere Frau jetzt hereinkam und fragte: »Soll ich Tee bringen?«

»Ja, gern«, rief Ruth lebhaft, »und wenn du noch von den Krapfen von gestern hast! Hast du?«

Die Frau lachte. »Und ob! Du und dein Vater, ihr könnt ja davon nie genug bekommen. Da backe ich immer einen ganzen Berg.«

Sie verschwand eilig und kam gleich darauf mit einem Tablett voller Kuchen und Geschirr zurück. Benjamin half ihr, den kleinen Tisch zu decken, behandelte die dünnen chinesischen Teeschalen wie rohe Eier, faltete die Papierservietten zusammen, wie er es bei Greta gesehen hatte.

»Was für ein umsichtiger, netter junger Mann«, sagte die Frau, »und so hilfsbereit! Da wird sich Ihre Mutter freuen.«

Benjamin wurde schon wieder rot. Eigentlich half er Greta fast nie – und überhaupt! Als die Frau gegangen war, grinste Ruth. »Uuh, das gute Geschirr und Papierservietten!« Sie hob mit spitzen Fingern eine Serviette auf. »Du musst auf Mutter einen vorzüglichen Eindruck gemacht haben, einen relativ bürgerlichen.«

»Ausgerechnet!« Benjamin musste an vorgestern denken.

Ruth lachte mit dem kleinen glucksenden Lachen, das er so gut kannte. Sie wirkte plötzlich ganz jung, um Jahre jünger als vorhin, als sie von ihrer Krankheit gesprochen hatte. Jetzt erschien sie ihm kaum älter, als er selber war. Sie betrachtete ihn spöttisch prüfend. »Du trägst keinen Bart und hast einen kurzen Haarschnitt. Das spricht in ihrem Sinne schon sehr für dich. Freunde von mir, die Bärte und schulterlange Haare haben, hält sie für Hippies, und das scheint ihr etwa Unseriöses und ziemlich Gefährliches zu sein, so eine Art exotische wilde Tiere.«

Ruth fing an, aus der Papierserviette ein Schiffchen zu falten. »Sie ist eine Mutterglucke, weißt du, hat immer Angst um ihr Gör, besonders natürlich um ein solches wie mich, möchte mich in Watte wickeln oder als Nippesfigur in eine Vitrine stellen. Eigentlich genießt sie es unheimlich, wenn ich mal wieder zu Hause bleiben muss. Dann kocht sie ständig meine Lieblingsgerichte, bis sie mir zum Halse heraushängen, und backt meine Lieblingskuchen. Sie ist ein Schatz, aber manchmal geht sie mir ziemlich auf die Nerven.« Ruth goss Benjamin und sich Tee ein und griff nach den Krapfen. »Na los, nimm schon, die sind nämlich wirklich gut!«

Sie schien so unbefangen, dass Benjamin schließlich auch seine Befangenheit verlor. Er merkte, dass es nicht nötig war, an Ruths Krankheit vorbeizusehen. Man konnte sie fragen: »Soll ich dir etwas holen, kann ich dir helfen?« Nur nicht zu oft. Und aufdrängen durfte man ihr Hilfe keinesfalls. Er staunte, wie geschickt sie bei ihrer Behinderung war, wie flink und wendig sie mit ihrem Rollstuhl im Zimmer herumfuhr, ein Buch holte, das sie ihm zeigen wollte, eine Platte auflegte, den Plattenspieler bediente, sogar in die Küche fuhr, um Nachschub an Krapfen zu holen, denn Benjamin hatte tüchtig reingehauen.

»Das hätte ich doch machen können«, sagte er. Aber sie schüttelte den Kopf. »Warum, ich kann's ja. Mein Vater hat die Schwellen zwischen den Zimmern fortgenommen, ich kann überallhin – allein. Er hat auch im Badezimmer alles so für mich arrangiert, dass ich gar keine Hilfe brauche – das ist fürs Selbstbewusstsein unheimlich wichtig, weißt du! Mein Vater ist fabelhaft – eine echte Hilfe, und drängt sich nie auf. Jetzt spart er für ein Auto für mich, obgleich Mutter mich schon am nächsten Baum kleben sieht.«

»Autofahren?«, fragte Benjamin verblüfft. »Aber . . .«

Ruth lachte. »Sag's schon, zier dich nicht. Wie kann man mit solchen Beinen das Gaspedal treten? Doch es gibt Handgas und Handbremse für Behinderte. Damit kann man ebenso gut fahren wie mit anderen Autos. Ich habe einen behinderten Freund, der fährt wie ein Teufel. Aber eigentlich ist es mir nicht recht, dass Vater so viel Geld für mich ausgibt. Andererseits wäre es für die ganze Familie eine Erleichterung. Sie brauchten mich dann nicht immer überall hinzubringen. Zu den Vorlesungen holen mich allerdings Freunde mit dem Auto ab und bringen mich auch wieder zurück. Aber sonst . . .«

»Du studierst?«, fragte Benjamin erstaunt.

Ruth nickte.

»Soziologie und Psychologie. Ich will einen richtigen Beruf haben, Krankenhausfürsorgerin werden. Hab schließlich meine Erfahrungen gesammelt, dass da echt Bedarf ist.«

»Ich denke, du arbeitest in der Telefonseelsorge?«

»Das mache ich nur nebenbei, ehrenamtlich, unbezahlt. Es ist ein gutes Training für meinen späteren Beruf. Außerdem brauchen die dort nötig Leute. Du kannst dir nicht vorstellen, was da so Tag und Nacht los ist.«

»Kann denn da einfach jeder mitmachen?«

»Nein, die wählen ziemlich sorgfältig aus, ob man geeignet ist. Am liebsten nehmen sie natürlich Fachleute, Ärzte, Juristen, Pfarrer, aber auch geeignete Laien. Jeder, der mitmachen will, muss erst ein Vierteljahr lang einen Kursus besuchen. Man muss eine ganze Menge lernen, bevor man selbstständig arbeiten kann.«

»Wolltest du schon immer Krankenhausfürsorgerin werden, bevor . . . Ich meine . . .«

»Du meinst, bevor ich krank wurde? – Nein, ich wollte Sportlehrerin werden.« Einen Augenblick lang verfinsterte sich ihr Gesicht, die Augenbrauen bildeten wieder diesen harten Strich über der Stirn, doch dann lächelte sie etwas mühsam. »Das Training damals war gar nicht schlecht für später. Ich bin viel geschickter als andere Behinderte, weil ich überhaupt nicht versteift war, als es anfing. Ich war achtzehn, wollte gerade Abitur machen, da fiel ich auf einmal immer hin, hatte Sehstörungen und auch die Hände waren nicht mehr recht zu gebrauchen. Schließlich lag ich fast unbeweglich da. Das ist schon gemein, wenn du nicht mal eine Tasse heben kannst, wenn du Durst hast, sondern warten musst, bis irgend jemand kommt und sie dir an die Lippen setzt – und auch sonst, du weißt schon, das ist einfach ekelhaft. Die meisten Lähmungen gingen dann später wieder zurück. Aber einiges ist geblieben und wird bleiben.«

Sie zeigte auf ihre Beine, hob die dünnen Hände, drehte sie hin und her. »Aber die hab ich ganz schön wieder hingekriegt durch ständiges Üben. Am Anfang tausendmal am Tag einen Ball greifen, bis du ihn nicht mehr sehen kannst . . . Neunhundertneunundneunzigmal vergeblich, aber plötzlich hast du ihn in der Hand. Mein Vater war bei der ganzen Sache ganz große Klasse, hat mir immer wieder Mut gemacht, nicht ein bisschen rumgejammert. Mutter natürlich umso mehr. Er hat angefangen, die Schwellen abzutragen, hat einen Rollstuhl besorgt, das Badezimmer umgebaut und nach und nach für mich alles so praktisch gemacht, dass ich unter gleichen Bedingungen allein in einer Wohnung für mich leben könnte. Aber das lässt Mutter nicht zu, obgleich ich's verdammt gerne tun würde. Allerdings brauche ich ja jetzt auch noch Vaters und ihre Hilfe, wenn ich weggehen will. Sobald ich ein Auto habe, bin ich natürlich völlig unabhängig und dann . . . Aber das sind ungelegte Eier, über die man noch nicht sprechen soll.«

Sie lauschten eine Weile schweigend der Musik vom Plattenspieler. Eine erregende, eindringliche Musik. »Pink Floyd«, sagte Ruth. »Magst du die auch?«

Benjamin nickte. Er hatte zu Hause mehrere Platten von der Gruppe, aber jetzt konnte er sich nicht richtig konzentrieren. Er sah Ruth als Achtzehnjährige auf dem Sportplatz dem Ball hinterherjagen, er sah sie springen, laufen, am Barren turnen: ein jungenhaftes, dunkles Mädchen voller Lebenslust. Und dann die andere Ruth: ausgestreckt auf dem Krankenbett, blass, unbeweglich, nicht mal fähig eine Tasse zu halten, um zu trinken. Dieser Gedanke machte ihn ganz krank.

Ruth unterbrach sein Brüten. »Benjamin«, sagte sie heftig, »wenn du mit mir befreundet sein willst, darfst du mich nicht bemitleiden, hörst du! Damit kann ich gar nichts anfangen. Meine Krankheit braucht für dich auch nicht tabu zu sein. Ich habe sie in mein Leben eingebaut und werde meistens ganz gut fertig damit. Ich kann aber nur mit denen befreundet sein, die bereit sind mich als vollwertigen Menschen anzuerkennen. Meinst du, dass dir das möglich ist?«

Benjamin wurde verlegen. Hatte er Zweifel gezeigt? »Aber hör mal, klar! Ich finde dich einfach fantastisch, wie du so lebst, finde ich unheimlich gut – toll!«

Ruth schlug mit der Faust auf die Armlehne ihres Sessels. »Hör auf«, sagte sie drohend. »Du musst kapieren, dass ich eben nichts Besonderes bin. Ich bin so wie andere auch – verstehst du!« Als Benjamin beklommen nickte, lachte sie. »Gegen solche Sprüche, wie du sie eben von dir gegeben hast, bin ich nämlich allergisch. Spar dir deine Superlative für was anderes, die Musik zum Beispiel, die finde ich unheimlich gut.«

Sie horchten wieder auf die verschwimmenden Töne, die sirrend, vibrierend, saugend, wie Kaskaden umgeben von sprühendem Wasserstaub waren, wie das Wehen von Falterflügeln, wie Glocken, hell und gläsern an einem Sommerabend, mit Stimmen in der Ferne, die sich etwas zuriefen.

Benjamin entspannte sich. Er lag, die langen Beine ausgestreckt, wohlig zurückgelehnt in seinem Sessel. Auch Ruth war entspannt, hatte die Augen geschlossen, klopfte leise mit den dünnen Fingern den Takt auf der Lehne. Ihre Wangen waren gerötet, der Mund lächelte, war kaum noch spöttisch. Plötzlich sagte sie, ohne die Augen zu öffnen: »Und was war nun los mit dir, vorgestern? Und woher hast du das blaue Auge?«

Es tat gut, mit ihr zu sprechen, ohne dass sie ihn ansah, es war leichter so, fast wie nachts am Telefon. Er erzählte alles ohne Ausnahme. Als er geendet hatte, machte Ruth die Augen auf und sah ihn ernst an. »Himmel, da bist du echt in den Schlamassel geraten. Aber es war wohl wirklich nur Pech, nicht wahr? So weit wärst du doch nicht wieder gekommen, ohne diese Kerle?«

Er war sich nicht sicher, aber er nickte trotzdem.

»Na, siehst du!«

Er räusperte sich, begann zögernd: »Findest du nicht ... Meinst du nicht, dass ich wahnsinnig versagt habe, dass ich 'ne Flasche bin und gemein dazu, wo du dir doch so viel Mühe mit mir gegeben hast?«

Ruth legte eine neue Platte auf. Während der ersten Töne schwenkte sie ihren Stuhl zu ihm herum. »Ich hab dir doch schon gesagt, ich weiß, dass du ohne deinen Willen da hineingerutscht bist. Du bist noch labil und es war ein Rückfall, so, wie man einen Rückfall bei einer Angina bekommen kann. Bei jeder Krankheit ist ein Rückfall möglich, und das, was du hast, ist eine Krankheit, schwieriger als eine Angina, aber auch eine Krankheit, die man heilen kann – im Gegensatz zu meiner.«

Mit einem Mal fiel das ewige Schuldgefühl von ihm ab und die Scham wurde geringer und die Hoffnung größer endlich darüber hinwegzukommen.

Es klingelte. Gleich darauf quoll eine Gruppe junger Leute herein. Sie drängten sich, lachten, riefen und brachten einen Schwall frischer Luft mit. Küsse wurden getauscht, Umarmungen fanden statt. Ein schönes, großes Mädchen mit grauen Augen und krausem Afrolook wickelte sich einen endlos scheinenden Schal vom Hals und hockte sich im Schneidersitz auf den Teppich. »Also, Ruth, stell dir vor!« Sie gestikulierte heftig, dass die zahlreichen Armreifen an ihren Handgelenken klirrten. »Der Vollidiot, der Peter, musste unbedingt bei dieser Abendluft das Verdeck von seinem beschissenen Cabrio aufmachen, nur aus Angabe natürlich. War irre kalt. – Hast du einen heißen Tee?«

Ein magerer Junge mit schulterlangen Haaren und zu kurzen Jeans, unter denen hellrote Socken hervorschauten, protestierte. »War aber doch dufte, wie einem der Wind so um die Ohren fuhr! Gib's doch zu, Irene! Außerdem hat dich ja der Viktor warm gehalten.«

Das Mädchen Irene legte den Kopf zurück, bis er die Knie von einem Mann, der hinter ihr stand, berührte, dessen Gesicht fast nur aus Rübezahlbart bestand. Sie lachte zu ihm empor. »Ja, der Viktor, wenn ich den nicht hätte! Mein bestes Stück!«

Viktor grinste nur, ohne seine Pfeife zwischen den Zähnen zu bewegen.

»Aber was ist mit dem heißen Tee?«, schrie Irene.

»Kommt schon, kommt schon!« Mutter Bremer schob die Tür mit dem Ellbogen auf, in der einen Hand eine große Kanne, in der anderen einen Teller mit einem frisch aufgetürmten Kuchenberg. Viktor ging wie selbstverständlich an den Schrank in der Ecke und holte Tassen heraus.

»Setzt euch«, sagte Ruth. »Viktor, gießt du den Tee ein? Nehmt euch Krapfen. – Übrigens, das ist Benjamin!«

Die anderen nickten ihm flüchtig zu. Die Jungen hockten sich neben Irene auf den Teppich. Irene schlürfte den heißen Tee. »Ah, gut!« Sie angelte sich den dicksten Krapfen. »Stell dir vor, was heute im Seminar los war! Der Karstensen hat mal wieder verrückt gespielt. Es war nicht mit ihm zu reden. Viktor hat versucht ihn zu überzeugen, aber du hast gefehlt, du bist rhetorisch doch unsere Beste!«

»Na, na«, wehrte Ruth ab.

»Klar«, sagte Peter, »da hat Irene ausnahmsweise mal Recht. Wann kommst du wieder ins Kolleg?«

»Ich hoffe, in der nächsten Woche.«

»Gut, ruf mich dann an, damit ich dich mit dem Schlitten abholen kann.«

»Aber bind dir 'nen Schal um, wenn der Idiot mit seiner Frischluftmacke wieder das Verdeck auflässt!«

Irene stellte mit ihren beweglichen Händen pantomimisch den Schal und das Wickeln um den Hals dar. Sie schien ständig unter Dampf zu stehen, musste immer agieren, alles ein wenig zu viel. Statt zu reden, schrie sie, lachte zu laut, bewegte sich zu heftig. Auch in ihrer Erscheinung war alles etwas übertrieben, zu viel Haar, zu große Augen, zu enge Jeans, zu viele Ketten, Ringe und Armbänder.

Und doch schien nicht sie der Mittelpunkt der Gruppe zu sein, sondern Ruth.

Um Benjamin kümmerte sich niemand. Er war ein Fremdkörper hier, jünger als die anderen, kein Student, nicht mal Abiturient – er war sicher, dass sie ihm das ansahen und ihn deshalb verachteten. Ob Ruth auch der Meinung war? Er stand auf. »Ich glaube, ich muss jetzt gehen.«

Ruth widersprach nicht. Er war enttäuscht. Sie gab ihm die Hand. »Tschüs, Benjamin!«

Die anderen grüßten ihn ebenso flüchtig wie bei ihrer Ankunft. Als er schon an der Tür stand, rief Ruth: »Du, Benjamin!« Er schaute sie an.

»Du kannst mir einen großen Gefallen tun, wenn du mich Dienstagnacht zur Telefonseelsorge bringst. Geht das? Oder musst du am Mittwoch zu früh aufstehen?«

»Nein, nein, bestimmt nicht! Ich gehe immer wahnsinnig spät ins Bett.«

»Fein, komm doch so gegen neun Uhr, dann essen wir noch zusammen Abendbrot, und um halb zwölf müssen wir los.«

Beim Hinausgehen hörte er, wie sie ihr lebhaftes Gespräch fortsetzten, verstand aber nicht, worum es sich drehte. Ach, die sollten ihm gestohlen bleiben! Er brauchte sie nicht, wollte genauso wenig von ihnen wissen wie sie von ihm. Von der ganzen Bande interessierte ihn doch nur Ruth, und die würde er am Dienstagabend zwei Stunden lang ganz allein für sich haben.

Er ging die Straße entlang zur Bushaltestelle. Nie hatte er geglaubt, dass Gehen etwas Besonderes sei. Er spürte seine Beine, lief federnd, übersprang einen Huckel im Pflaster, schlenkerte mit den Armen. Schön war das: gehen – sich bewegen – springen!

Als er im Bus saß, starrte er auf die Straße hinaus. Es

musste schwer sein, in einer Welt zu leben, in der fast alle Menschen gehen konnten, während man selbst im Rollstuhl saß, verdammt schwer, so zu tun, als wenn einem das gar nichts ausmachte. Man brauchte dazu sehr viel Kraft, musste sehr stark sein. Ruth war stark. Sie wurde nicht nur mit dieser schrecklichen Krankheit fertig, sondern half auch noch anderen Menschen, wie zum Beispiel ihm. Und dabei wusste sie, dass sie nie wieder ganz gesund werden würde. »Im Gegenteil zu meiner ist *deine* Krankheit heilbar!«, hatte sie ihm gesagt. Er konnte also wieder ganz gesund werden, konnte vom Alkohol loskommen, wenn er wirklich wollte. Ruth glaubte daran, und er versuchte nun auch, daran zu glauben.Zu Hause fragte Greta ihn neugierig aus. Aber er war zurückhaltend, wollte die Erinnerung an Ruth ungern mit jemand anderem teilen, auch nicht mit seiner Mutter.

Als er ihr von Ruths Krankheit erzählte, fing sie an zu jammern: »Gott, nein, wie schrecklich, das arme Mädchen! Nein! Aber kann man nicht . . . Wird sie nicht . . .«

»Sei ruhig«, fuhr er Greta an und gebrauchte Ruths Worte. »Sie wird ganz gut damit fertig!«

Seine Mutter starrte ihn verständnislos an. »Aber, Benni, hast du denn gar kein Mitleid?« Sie schüttelte ärgerlich den Kopf.

Benjamin sagte nichts. Nachdem sie ins Bett gegangen war, ging er zum Bücherregal und fuhr mit dem Finger an den Bänden von Meyers Konversationslexikon entlang. Greta hatte es sich einmal von einem Vertreter aufreden lassen und war sehr stolz darauf, obgleich sie nie hineinschaute. Benjamin zog *Band 13 Mos–Oss* heraus und blies den Staub vom Buchschnitt. Er blätterte. Das Wort war ihm gut in Erinnerung geblieben. *Multiple Sklerose.* Das hörte sich eigentlich gar nicht gefährlich an, eher hübsch, fast wie ein Blumenname. Schließlich hatte er es gefunden. *Multiple Sklerose, Encephalomyelitis disseminata.* Dieser zweite Name klang viel unheimlicher. *Eine der häufigsten Krankheiten des Nervensystems mit verstreut im Rückenmark und Gehirn verbreiteten Krankheitsherden.* Nun kam viel Anatomisches, das er nicht verstand und das ihn auch nicht interessierte, aber: *Die Ursache des meist in Schüben, seltener fortschreitend verlaufenden Leidens ist nach wie vor ungeklärt.* Da forschten die und forschten in der Medizin und wussten doch so wenig! Von *Lähmungen, Empfindungsstörungen, Sehstörungen* stand da geschrieben, von *schweren und leichten Formen* – aber dann atmete er auf. *Die bösartigen Formen der M. S. sind keineswegs die Regel. Viele mit M. S. behaftete Kranke bleiben arbeitsfähig (allerdings nicht in Berufen, die schwere körperliche Arbeit verlangen) und erreichen ein hohes Lebensalter.*

9

»Deine Krankheit ist heilbar«, hatte sie gesagt. »Wenn du es wirklich willst, wenn du mitmachst!«, hatte sie gesagt.

Er ging morgens pünktlich zur Arbeit und gab sich Mühe, die Ansprüche, die der Geselle an ihn stellte, zu erfüllen. Er besuchte den Arzt, ließ sich wieder Tabletten aufschreiben, ging sogar am Sonntag zu einem Tanzfest der Anonymen Alkoholiker, auf dem er sich sogar ein bisschen amüsierte. Nur den Kursus in der Volkshochschule nahm er nicht wieder auf. An die Katze wollte er nicht mehr denken.

Am Dienstag fand er sich pünktlich bei Ruth ein. Er war enttäuscht, dass sie zusammen mit ihren Eltern Abendbrot aßen, freute sich dann aber doch darüber, wie freundlich er in die Familiengemeinschaft aufgenommen wurde. Der Vater war Lehrer, ein stiller, grauhaariger Mann, der amüsiert schmunzelte, wenn seine Frau mit eifriger Geschwätzigkeit immer wieder zum Essen nötigte. »Nehmen Sie noch Auflauf, Herr Hansen, Sie sind noch am Wachsen. Junge Männer brauchen kräftige Nahrung. Nehmen Sie doch, oder schmeckt es Ihnen nicht?«

»Mutter, hör auf!«, platzte Ruth lachend heraus. »Benjamin ist kein Baby mehr. Ich finde, er ist groß und stark genug, braucht nicht mehr zu wachsen. Er wird schon essen, was er mag. Übrigens brauchst du ihn auch nicht so feierlich mit Herr Hansen anzureden.«

Der Vater interessierte sich für Benjamins Beruf, ließ sich

von ihm über die Materialien berichten, mit denen sie in der Zahntechnik umgingen, und davon, was für Geräte sie benutzten. Benjamin fühlte sich geschmeichelt, dass jemand den Beruf, den er lernte, wichtig fand.

»Vater ist von allen praktischen Berufen fasziniert«, sagte Ruth. »Eigentlich hätte er Tischler oder Glaser oder Uhrmacher oder etwas Ähnliches werden sollen und nicht Lehrer. Ausgerechnet auch noch Mathe!«

Der Vater nickte. »Ich arbeite am liebsten mit den Händen – erleben, wie unter den Händen etwas entsteht, etwas Nützlichres oder Schönes, das mag ich sehr.«

Er zeigte Benjamin, wie er mit dem Rollstuhl umgehen musste, um Ruth möglichst bequem über Stufen und Bordsteine zu bringen. Zum Abschied legte er Ruth die Hand auf die Schulter, eine Geste voll leiser Zärtlichkeit.

Benjamin musste sich erst daran gewöhnen, dass die Leute auf der Straße zu ihnen hersahen. Die mitleidigen, neugierigen und zudringlichen Blicke waren ihm unbehaglich.

»Man gewöhnt sich dran«, sagte Ruth. »Zuerst hat es mich ganz wild gemacht. Als meine Mutter einmal von einer dummen Ziege gefragt wurde: Was hat denn das arme Geschöpfchen?, hab ich der die Zunge rausgestreckt und den Vogel gezeigt. Unterdessen bin ich ganz schön weise geworden und kümmere mich nicht mehr darum.«

Es war gar nicht so leicht, mit dem Rollstuhl umzugehen. Manchmal blockierte er, wenn Benjamin ihn allzu rasch um die Kurve drehen wollte, und beim ersten Mal, als sie eine Bordsteinkante überwinden mussten, wäre ihm Ruth beinahe herausgerutscht. »He!«, rief sie. »Pass auf, du Idiot!« Aber sie lachte dabei. Auch war es schwierig, den Stuhl in den winzigen Lift im Hause der Telefonseelsorge zu schieben. Benjamin schwitzte, als sie oben angekommen waren und Ruth schließlich vor ihrem Schreibtisch saß. »Danke«, sagte sie. »Wirst es schon noch lernen.«

»Kann ich dich denn öfter bringen – trotzdem?«

»Was heißt *trotzdem?* Andere haben sich bei weitem dümmer angestellt. Man muss sich an das Ding erst gewöhnen. Es wär wirklich eine große Hilfe und Entlastung für meine Eltern, wenn du's manchmal tust!«

»Ich komme von jetzt an jeden Dienstag und Freitag«, sagte Benjamin eifrig.

Sie verzog ihren spöttischen Mund. »Na, übernimmst du dich da nicht ein bisschen?« Aber ihre Augen lachten ihn an.

Als er wieder auf der Straße stand, war ihm seltsam zu Mute. Er spürte Trauer über Ruths Behinderung, über das ständige Mitleid, dem sie ausgesetzt war, aber auch Stolz und Freude, dass er ihr helfen konnte. Er würde mit dem Rollstuhl üben müssen, wollte es besser machen, viel besser als alle anderen. Er hatte gemerkt, dass sie ihn gern um sich haben wollte. Manchmal war das Leben doch gar nicht so schlecht. Während er die Straße hinunterging, pfiff er leise vor sich hin. Drüben, im Lampenlicht, war der Eingang zum Bahnhof. Schmutzige Papierfetzen von abgerissenen Plakaten lagen davor, und im Schatten einer Nische war ein Lumpenbündel oder ein schlafender Mensch. Benjamin dachte an die Nacht neulich. Sie erschien ihm jetzt unwirklich: ein Alptraum, ein böser Spuk. Doch plötzlich tauchte eine Gestalt vor ihm auf. Das kindliche Mädchen schlüpfte aus der Eingangstür, lief über den Damm, ihm direkt vor die Füße. Sie sah im bläulichen Neon noch elender aus als damals, ihr Gesicht war von fahler Blässe. Das blonde Haar hing ihr strähnig und unordentlich in die Stirn, die Augen waren rot umrändert, als hätte sie geweint. Der Körper in dem zerschlissenen Jeansanzug war unsagbar dünn und wirkte zerbrechlich. »Margitta!«, rief Benjamin.

Sie zuckte zusammen. »Ja? Was ist?« Sie kam näher und fragte leise: »He, willst du was von mir? Woher weißt du meinen Namen?« Als sie ihn musterte, erkannte sie ihn und fuhr einen Schritt zurück. »Du bist's! Mach bloß die Mücke! Was hast du denn hier noch zu suchen?«

Er fasste sie am Handgelenk. »Margitta, hör mal, kann ich nicht was für dich tun?«

Sie riss ihren Arm fort. »Was tun? Hast du nicht schon genug Beschissenes getan? Meinst du, ich will mich deinetwegen noch mal von dem Hund verprügeln lassen? Oder willst du dich meinetwegen von ihm totschlagen lassen? Was hätte ich davon? Die Bullen würden dann auftauchen und mich mitschleppen und wieder in so ein verdammtes Heim stecken. Neulich bin ich denen gerade noch so entwischt.«

Sie strich sich mit einer heftigen Bewegung die Haare hinter die Ohren. Im Gaslicht sah er das Pulsieren in den blauen Äderchen an ihrer Schläfe. »Du kannst doch nicht so weitermachen«, sagte er beschwörend, »so mit dem Kerl, dem Paschunke, und dem Rauschgift, das ist doch kein Leben!« Er griff wieder nach ihr. »Komm mit, wir sprechen mal darüber.«

Aber sie riss sich los und zischte: »Lass mich zufrieden, du Arsch. Das geht dich einen Scheißdreck an, wie ich lebe. Du lebst ja auch nicht besser, säufst mit denen da rum und willst mir Moral predigen. Fetz bloß ab, du, und lass mich machen, was ich will!«

Sie wandte sich um und lief die Straße hinunter. Wie ein Irrlicht sah er ihr blondes Haar unter einer Laterne aufleuchten, im Dunkel verschwinden, bei der nächsten

Lampe wieder aufleuchten, verschwinden, aufleuchten. Dann wurde sie endgültig von der Nacht verschluckt.

Er stand wie gelähmt. Wo, in welchen finsteren Winkeln, würde sie sich herumdrücken, irgendwelchen Ganoven ausgesetzt? In welcher Kaschemme würde sie übernachten und mit wem? Was würde sie anstellen, um an ihren Stoff zu kommen, der sie zerstörte? Warum kümmerte sich niemand um sie?

Ruth legte den Hörer auf die Gabel. Sie wählte eine Nummer, die sie nicht erst im Verzeichnis nachzuschlagen brauchte: das Frauenhaus. Wie oft hatte sie schon mit diesem Heim telefonieren müssen, das von ihren Männern misshandelte Frauen mit deren Kindern aufnahm. Das Haus war überfüllt, man würde ein zweites einrichten müssen, es gab zu viele dieser schrecklichen Fälle. Sie wusste, was man ihr erst einmal sagen würde: »Kein Platz!« Aber für diesen Fall hier musste Platz geschaffen werden, und zwar sofort, weil der Mann jetzt in ohnmachtsähnlichen Trinkerschlaf versunken war, nachdem er wieder einmal seine Frau und den zwölfjährigen Sohn blutig geschlagen hatte. Jetzt konnte er sie nicht hindern, die Wohnung zu verlassen. Bisher hatte die Frau immer gesagt: »Ich kann nicht weg von zu Hause, sonst geht er vor die Hunde.«

Doch heute Abend war der letzte Tropfen in das Fass gefallen, das nun überlief. Die Frau selbst ertrug manches. Aber wenn er ihre Kinder schlug, wollte sie nichts mehr mit ihm zu tun haben. Sie saß jetzt irgendwo auf dem gepackten Koffer in einer Telefonzelle, die schlafende Vierjährige auf dem Schoß und den Jungen neben sich. Sie würde in ein paar Minuten wieder bei Ruth anrufen.

Wie Ruth erwartet hatte, klang die Stimme am anderen Ende der Leitung im Frauenhaus abwehrend. »Ausgeschlossen – wir haben wirklich keinen Platz mehr, jedes Zimmer ist überbelegt, selbst das Isolierzimmer, was wir eigentlich gar nicht dürfen. Wir können nicht . . .«

Ruth unterbrach. »Sie müssen! In diesem Fall bleibt gar keine andere Wahl, und wenn es eine Badewanne ist!«

Sie erzählte die Geschichte der Frau. Als sie von den Kindern sprach, seufzte die Stimme am anderen Ende: »Ach, hören Sie auf, Mädchen, ich kenne diese Geschichten bis zum Erbrechen – schicken Sie sie. Es hilft nichts, aber sie muss vorerst mit ihren beiden Kindern in der Besenkammer unterkriechen. Wenn ihr das nichts ausmacht. Nicht alle kommen ohne große Ansprüche hierher.« Ruth atmete auf. »Diese Frau hat keine Ansprüche, sie ist unbeschreiblich bescheiden und selbstlos.«

Sofort nachdem Ruth aufgelegt hatte, klingelte das Telefon. Aber es war nicht die Frau, sondern der alte Mann, der seit einem Vierteljahr in jeder Nacht anrief. Ruth sagte hastig: »Hören Sie, Herr Koslowski, ich habe jetzt einen sehr dringenden Fall, den ich unbedingt erst einmal erledigen muss. Rufen Sie in einer halben Stunde wieder an!«

Sie legte, ohne eine Erwiderung abzuwarten, den Hörer auf, denn sie kannte den Alten und seine Weitschweifigkeit zu genau. Es klingelte wieder, und zu ihrer Erleichterung war es die Frau. Als sie hörte, dass man sie im Heim aufnehmen würde, fing sie vor Erschöpfung an zu schluchzen. Offensichtlich wurde ihr der Hörer aus der Hand genommen, denn die helle Stimme des Jungen schmetterte grell und aufgeregt: »Geben Sie mir die Adresse von dem Heim, Fräulein, meine Mutter kann jetzt nicht zuhören. Der Alte hat sie fertig gemacht! Aber ich finde das Haus schon und bringe sie mit der Kleinen hin!«

Nach dem Anruf trug sie die Gespräche mit der Frau, dem Jungen und dem Heim in eine Karteikarte ein. Diese Aufzeichnungen waren wichtig als Erinnerung und als Nachricht für die anderen Helfer, die mit dem Fall vielleicht auch einmal zu tun haben würden. Doch ein neuer Anruf ließ sie ihre Arbeit nicht beenden. Die gezierte, verstellte Stimme eines jungen Mannes zwitscherte albern: »Was machen wir bloß, Fräulein! Ich kriege ein Kind, Fräuleinchen! Können Sie mir nicht helfen?«

»Gehen Sie aus der Leitung«, sagte Ruth ärgerlich, »da sind Menschen in Not, die mich wirklich sprechen müssen!«

»Aber, aber, Fräuleinchen«, sagte der Bursche jetzt mit seiner normalen Stimme, »verstehen Sie denn gar keinen Spaß?«

Sie hängte ein. Diese Scherzanrufe nahmen immer mehr zu, blockierten die Leitung und ließen die Hilfesuchenden nicht an sie heran. Und dabei waren es genau wie beim Frauenhaus viel zu viele, die Rat suchten, etwa dreißig Anrufe in einer Nacht, und bei manchen brauchte Ruth eine halbe Stunde, um die Verzweifelten endlich zum Reden zu bringen. Vom Nachmittag hatte man ihr eine Karteikarte auf den Tisch gelegt mit einem roten Ausrufezeichen versehen. *Ruft wahrscheinlich wieder an, hoffentlich!,* hatte der Mitarbeiter, der am Tag hier war, noch hinzugefügt. Es handelte sich um einen Jungen von etwa vierzehn Jahren. Heute Mittag hatte er sich gemeldet: »Ich bin wieder sitzen geblieben, ich kann nicht nach Hause – die finden doch alle nur, dass ich ein Versager bin, besonders mein Vater. Ich glaube, das beste ist, wenn ich Schluss mache!«

Der Mitarbeiter, ein erfahrener, psychologisch geschulter Mann, hatte dem Jungen gut zugeredet und ihm angeboten, mit seinen Eltern zu sprechen, aber mitten im Gespräch hatte der Junge aufgelegt. Keinen Namen, nur den Vornamen hatte der Helfer erfahren: Norbert. Was konnte man tun? Der Name Norbert war zu wenig, um eine Suchaktion in Gang zu setzen. Am Nachmittag rief der Junge noch einmal an. »Hier ist Norbert. Können Sie mir nicht sagen, auf welche Weise man am besten Schluss macht?«

Der Helfer setzte noch einmal seine ganze Redekunst ein, aber wieder hängte der Junge mitten im Satz ein. Bestand hier eine echte Gefahr, oder wollte der Junge nur Sorge und Mitleid der Eltern für sich erzwingen? Aber hätte er dann nicht seinen Nachnamen genannt? Der Helfer fragte nun doch bei der Polizei an, ob ein Junge mit dem Namen Norbert als vermisst gemeldet sei. Aber niemand hatte sich gerührt. Abends um zehn Uhr rief ein Polizeibeamter an, dass der Vater von einem gewissen Norbert nun auf der Wache erschienen sei. Der Polizist gab dem Helfer dessen Telefonnummer und der Helfer sprach mit den Eltern. Entsetzt und verstört mussten die zugeben, dass es sich bei dem Anrufer um ihren Sohn handele. Von da an rief der Vater alle halbe Stunde bei der Telefonseelsorge an, ob sein Sohn sich wieder gemeldet habe, bis der Mitarbeiter energisch verlangte, diese Gespräche einzustellen. »Sie blockieren die Leitung, wenn der Junge wieder anrufen will! Sie könnten schuld daran sein, dass ein plötzlicher Impuls schnell wieder erlischt. Wir rufen Sie sofort an, wenn wir etwas hören.«

So gegen dreiundzwanzig Uhr hatte jemand angerufen, sich dann aber nicht gemeldet. Vielleicht war es der Junge – aber andererseits kamen solche Anrufe öfter vor.

Als jetzt das Telefon klingelte und Ruth den Hörer abnahm, war wieder Stille am anderen Ende. »Hallo, hallo! Wer ist da? Melden Sie sich!«

Sie hörte nur krampfhaftes Atmen, das wie Schluchzen klang. »Norbert, bist du's? Melde dich doch! Ich habe dir etwas Gutes zu erzählen!«, sagte sie auf Geratewohl.

Stille, nur das Atmen.

»Norbert!«, rief sie energisch.

Eine gebrochene Jungenstimme antwortete. »Ja?«

»Du, Norbert, hör mal, deine Eltern sorgen sich so um dich!«, rief sie hastig. Er durfte nicht wieder einhängen. »Denen ist das völlig piepe, wie dein Zeugnis aussieht, wirklich. Dein Vater hat gesagt, er will nur seinen Jungen wiederhaben, und er meint, ihr werdet schon zusammen einen anderen Weg finden. Vielleicht eine neue Schule oder eine Lehre, hörst du?«

»Hat er das wirklich gesagt?«

»Ja, und er meint es ernst, das kannst du mir glauben. Wo bist du jetzt?«

Der Junge gab mechanisch die Telefonzelle in der Nähe eines Parks an.

»Gut, danke, Norbert. Dein Vater wird dich gleich mit dem Auto abholen. Bleib dort und rühr dich nicht vom Fleck!«

»Bringt er Mutter mit?«

»Wenn du willst!«

Sie rief die Eltern sofort an. »Machen Sie schnell, damit er es sich nicht wieder anders überlegt! Und keine Vorwürfe!«

»Ja, aber . . .« Der Vater hatte den Schrecken anscheinend schon überwunden.

»Wenn Sie ihm Vorwürfe machen, riskieren Sie, dass alles wieder von vorn anfängt.«

Nach dieser Aktion konnte endlich der alte Koslowski, der täglich seit einem Vierteljahr anrief, zu Wort kommen.

Er war früher einmal sehr einsam gewesen und hatte Selbstmordabsichten geäußert. Durch die Vermittlung der Telefonseelsorge kam er in ein Heim, in dem er gut versorgt wurde. Aber sein schwieriger Charakter ließ ihn mit nichts zufrieden sein, er war immer unglücklich und brauchte jemanden, bei dem er seine Klagen loswurde. So hatten sich die Helfer daran gewöhnt, dass er meist in der Nacht, weil er schlecht schlief, bei ihnen anrief und über das Essen klagte, über die schnippischen Bemerkungen eines Küchenmädchens, darüber, dass schlecht geheizt sei, und über den Zimmernachbarn, der immer so laut sein Radio anstellte. Es waren stets die gleichen Klagen. Doch sie ließen ihn reden und etwa nach einer Viertelstunde sagte er dann: »Na ja, jetzt geht's mir wieder besser – aber ohne Sie, da wüsste ich nicht, ob ich nicht doch Schluss machen würde!«

Der nächste Anruf folgte sofort. Es war Benjamins Stimme. »Ruth, ich muss dich sprechen. Hab's schon immerzu versucht, aber es war besetzt.«

»Hör mal, Benjamin, ich hab heute Nacht keine Zeit für einen Klön. Ich hab lauter schwierige Fälle. Warum schläfst du noch nicht? Es ist schon drei Uhr. Du wirst morgen im Labor müde sein.«

»Das ist meine Sache«, sagte er gekränkt. »Außerdem will ich nicht klönen, ich hab was Wichtiges, auch einen schwierigen Fall!« Und er erzählte von Margitta.

Das erste Mal erlebte er Ruth ratlos. »Das ist schlimm, ganz schlimm, aber was können wir tun?«

Sie merkte an seiner Stimme, wie bitter sie ihn enttäuschte. »Kannst *du* denn nichts machen? Du kannst doch sonst immer helfen!«

»Erst einmal müsste man mit dem Mädchen Kontakt bekommen, um ihr helfen zu können. Wir sind hier für

Menschen da, die eine Hilfe *suchen.* Margitta scheint aber jede Hilfe abzulehnen.«

»Man kann sie doch nicht einfach vor die Hunde gehen lassen! Ist denn niemand da, der was machen kann?« Es klang verzweifelt.

Ruth stöhnte. »Also gut, ich werde erst einmal versuchen etwas über sie zu erfahren, dann wollen wir weitersehen. Geh jetzt schlafen. Ich sag dir morgen Abend Bescheid – am besten kommst du zu mir. Um sechs Uhr ist mein Kolleg zu Ende.«

Benjamin atmete auf, als er den Hörer auf die Gabel legte. Ruth würde schon etwas einfallen, sicher würde sie Margitta helfen können.

Ruth saß und starrte das Telefon an. Die Probleme liefen ihr nach wie junge Hunde. Zwar hatte sie hier in der Telefonseelsorge Probleme gesucht, sie wollte aus der Enge ihres persönlichen Schicksals heraus und in ein breiteres Leben. Trotz aller seelischen Belastung gefiel ihr die Arbeit. Aber zusätzlich kamen nun immer neue Sorgen auf sie zu; sie zog sie an wie ein Magnet. Nöte von Freunden, von Bekannten und völlig Fremden. Sie konnte es verkraften, wenn Hilfe möglich war, wenn nicht, lagen die unbewältigten Schicksale wie eine Schuld auf ihr. Sie wusste, dass sie manchmal vielleicht hätte helfen können, wenn sie nicht an ihre Krankheit gefesselt wäre, dass ihre Kräfte und Möglichkeiten vom Körperlichen her begrenzt waren, aber sie konnte es nur schwer ertragen, wenn sie tatenlos zusehen musste. Schlimmer noch war es, wenn ihre Hilfeversuche etwas Negatives bewirkten, was auch vorkam, wenn sie etwas falsch angepackt oder in Gang gesetzt hatte, was besser nicht angerührt worden wäre. Eigentlich litt sie ständig unter einem schlechten Gewissen.

Sie war erschöpft und traurig, stützte den Kopf in die

Hände und starrte vor sich hin. Sie wusste genau: Dieses Schicksal hier, Margittas Schicksal, war einer der Fälle, bei denen Tun und Mitleiden fruchtlos blieben. Nur mit dem Einsatz aller Kräfte, den seelischen und den körperlichen, hätte man etwas erreichen können, wenn die Aussicht auch sehr gering war. So gut wie hoffnungslos war sie aber, wenn jemand die Sache anfasste, der im Rollstuhl saß. Ich bin doch nur ein halber Mensch, dachte sie, tu so, als ob ich zu was nütze wäre, dabei pfusche ich nur so herum! Sie schüttelte die Gedanken ab, deren Vorhandensein sie vor anderen Menschen und auch vor sich selbst selten zugab, und griff nach dem Hörer.

In dieser Nacht und am nächsten Tag führte sie viele Telefongespräche mit der Polizei, mit Jugendämtern, Heimen. Und was sie erfuhr, war tief bedrückend. Das Mädchen Margitta war der Polizei bekannt. Die Vierzehnjährige stammte aus einer unglücklichen Ehe, die früh geschieden wurde, die Mutter hatte wieder geheiratet, zwei Kinder aus der zweiten Ehe und keine Lust sich um das schwierige Mädchen zu kümmern. So war Margitta, sich selbst überlassen, in schlechte Gesellschaft geraten und seit einem Jahr dem Rauschgift verfallen. Zwei Entziehungskuren hatten nichts genützt. Margitta war jedes Mal vorzeitig aus dem Krankenhaus davongelaufen, ebenso aus Mädchenwohnheimen, wo man sie untergebracht hatte, weil die Mutter zu Hause nicht mehr mit ihr fertig wurde, sich auch wenig Mühe gab. Wegen eines Einbruchs in einer Apotheke hatte sie vierzehn Tage lang im Jugendgefängnis gesessen, aber weil es nur ein ungeschickter Einbruchsversuch gewesen war, hatte man sie wieder entlassen. Seit einem Vierteljahr war sie untergetaucht, der Polizei und den Jugendfürsorgern immer wieder entwischt. Sie verdiente sich das Rauschgift, das sie in immer größeren Mengen brauchte, auf dem Babystrich und war einem gewissenlosen Zuhälter in die Hände gefallen, der sie ausbeutete, schlug, aber auch vor der Brutalität der Männer schützte und sie vor Polizei und Fürsorge versteckte. Man hatte aufgehört sie zu suchen, hoffte, dass sie einmal bei einer Razzia entdeckt würde, aber die Wahrscheinlichkeit war gering, weil sie sich immer wieder hinter den verfilzten Maschen der Solidarität der Unterwelt verbarg.

Benjamin war entsetzt, als Ruth ihm alles berichtet hatte. »Ich werde sie suchen!«

»Das wirst du nicht!«, sagte Ruth scharf.

Er sah sie erstaunt an. So hatte er sie noch nie erlebt. Ruth versuchte sich zu beherrschen. Sie war erschrocken. Sollte sie diesen labilen Jungen, den sie mochte und bei dem Hoffnung bestand, dass er seine Trunksucht überwand, wieder verlieren? Sie wusste, dass er dieser Szene, in die er hinabtauchen musste, um das Mädchen zu suchen, nicht gewachsen sein würde. Entweder würde man ihn zusammenschlagen oder hinabziehen in den Sumpf von Sucht und Verbrechen. »Komm, sei nicht so verdammt sentimental«, sagte sie ungeduldig, »sei ein bisschen realistisch! Dein Freund Paschunke würde dich doch gleich wieder durch den Wolf drehen, wenn er dich erwischt, besonders, wenn du hinter seinem Mädchen her bist. Und was würdest du auch mit ihr anfangen, wenn du sie findest!«

Er sah Ruth an. »Ich hab echt geglaubt, ich könnte sie dann zu dir bringen!«

Sie wölbte die Unterlippe und fragte ironisch: »Und was soll ich mit ihr machen? Sie der Polizei ausliefern, damit sie sich verraten und verkauft vorkommt? Damit sie in ein Heim gesteckt wird oder in ein Krankenhaus, aus dem sie sowieso wieder ausbrechen würde?«

»Ich dachte, du könntest mit ihr reden.«

»Reden!« Wieder schoben sich die Brauen auf der Stirn zum Balken zusammen, was das Gesicht hart machte. »Glaubst du wirklich, dass man mit diesem Mädchen reden kann, das im Augenblick keinen anderen Gedanken hat als: Wo krieg ich meinen nächsten Schuss her? Glaubst du, dass die auch nur zuhört, wenn man ihr was sagt?«

Benjamin ballte die Fäuste. »Aber was soll man denn nur tun?«

Ruth zuckte die Achseln. Sie sah blass und abgespannt aus. »Ich weiß es nicht, ich kann's dir nicht sagen.«

Sie versuchten sich abzulenken, Platten zu hören, legten Joan Baez auf, die sie beide gern hatten, konnten sich nicht konzentrieren. Als Benjamin sich von Ruth verabschiedete, schon an der Tür war, rief sie ihn noch einmal zurück. »Übrigens, wenn sie dir wieder über den Weg laufen sollte, und du schaffst es, sie zu mir zu bringen, will ich mit ihr reden. Aber bitte versprich mir: Such sie nicht!«

Er nickte.

Benjamin bekam Margitta nicht mehr zu Gesicht. Er ging, wie er versprochen hatte, nicht auf die Suche nach ihr, aber er schaute sich jedes Mal am Bahnhof um, wenn er Ruth zur Telefonseelsorge gebracht hatte. Es war das erste Mal in seinem Leben, dass er sich ernsthaft um einen anderen Menschen sorgte. Bis jetzt hatte er sich immer nur um sich selber gesorgt.

Doch langsam wurde Margittas Bild blasser, und andere Bilder schoben sich dazwischen.

10

Er war jetzt nicht nur am Dienstag und Freitag mit Ruth zusammen, sondern fuhr sie auch am Sonntag spazieren. Sie liebte den Stadtpark und genoss die sonnigen Oktobertage. Benjamin unterdrückte seine Langeweile und schob sie die Kieswege entlang zwischen den Beeten, die die Gärtner für den Winter bereiteten, und den Bänken, auf denen alte Leute saßen und ihnen nachstarrten. Ruth, die sonst mit Gefühlsausbrüchen recht sparsam war, konnte über einen schönen Baum ganz außer sich geraten. »Diese kanadische Eiche da, dieses Rot, das die jetzt hat! Bring mir ein Blatt, ja?« Sie nahm es vorsichtig von ihm in Empfang, als wäre es aus Glas.

Manchmal ist sie richtig altmodisch, dachte Benjamin, aber er freute sich auch ein bisschen.

Sie sah ihn von schräg unten an, wölbte die Lippe und fragte ironisch: »Na? Das findest du blöd, was, dass man sich wegen eines Baumes so anstellt? Du findest die Natur überhaupt nicht so umwerfend, was? Möchtest wohl lieber vor dem Fernseher sitzen?«

»Eigentlich nicht«, murmelte Benjamin, »aber heute, das Fußballspiel!«

Sie seufzte. »Also los, fahr mich nach Hause. Gucken wir in die Röhre!«

Lieber als in den Park ging er mit ihr durch die Straßen, obwohl sie dort neugierigen Augen noch mehr ausgesetzt waren. Am liebsten auf Flohmärkte, wo sie die verrücktesten

Gegenstände erhandelten, einen alten Herrenhut für Ruth, Filmzeitschriften von 1920, einen abessinischen Orden und eine ganze Gruppe von Badenixen in Netzanzügen aus Porzellan , über die sie Tränen lachten und die sie gleich in den Mülleimer warfen, als sie sie zu Hause auspackten, weil sie allzu scheußlich zum Aufbewahren waren.

Beide liebten den Zoo. Sie konnten stundenlang vor den Käfigen der Bären stehen und beobachten, wie die Bärenmutter tolpatschig versuchte ihre übermütigen Jungen zu bändigen. Ruths Lieblingstiere waren die Kängurus. »Wahrscheinlich, weil die etwas können, was ich auch gern können würde.«

Es gab in dieser Stadt so viel zu sehen und zu erleben. Benjamin wunderte sich, dass er noch vor kurzem nicht gewusst hatte, was er mit seiner Freizeit anfangen sollte. Ruth hatte stets neue Ideen, von denen er allerdings nicht immer angetan war. Zum Beispiel ging sie leidenschaftlich gerne in Kunstausstellungen, ließ sich von ihm an endlosen Reihen von Bildern vorbeischieben, konnte dann plötzlich eine Viertelstunde lang ausschließlich auf ein Gemälde starren und dabei ihre Umwelt vergessen, während Benjamin auf dem Stück Leinwand nichts anderes sah als einen toten Hering in gelber Tonschüssel auf einem blauen Tisch. Wenn sie *aufwachte*, war sie schuldbewusst. »Du liebe Zeit, du hast dich wohl ganz schön gelangweilt!«

»Ach wo«, sagte er dann und wurde rot. Schließlich sollte sie ihn nicht für einen Banausen halten. Auch hatte er Angst, sie würde sich sonst von jemand anderem hinbringen lassen. Und er wusste ja, dass nach dem Schlauch mit der Kunst etwas anderes kam: Tee und Kuchen in ihrer Bude und Platten und Geklön über Leute und das Labor, über ihr Studium, ihre Freunde, Greta und Ruths Eltern, über Fernsehfilme und über Politik. Bis jetzt hatte Politik für ihn nur Sinn gehabt in Bezug auf sich selbst. Wenn er keine Lehrstelle fand, meinte er, es läge allein daran, dass der Staat nichts tauge. Er nannte alle Polizisten Bullen und fand, dass sie abgeschafft werden müssten, weil ihn mal ein Polizist geschlagen hatte, als er sich betrunken wehrte.

»So einfach ist die Sache nicht«, sagte Ruth, »man kann auch einen anderen Standpunkt haben. Du stehst an dem deinen festgerammt und betrachtest die Welt sonst nur mit Scheuklappen. Es gibt doch ein allgemeines Schicksal, nicht nur dein ganz persönliches. Interessiert dich denn gar nicht, was aus der Welt wird?« Als er nur mit den Schultern zuckte, fuhr sie ihn an: »So – das geht dich also nichts an, wenn die alles Grüne abhacken und uns im Chemiemief ersticken lassen, oder wenn irgend so 'n Idiot eine Atombombe loslässt, weil die da oben es nicht fertig kriegen, dafür zu sorgen, dass diese Dinger überhaupt nicht hergestellt werden! Du spannst 'nen Regenschirm auf und dann wird dir schon nichts passieren, was?«

»Man kann ja doch nichts machen!«, murrte Benjamin. Aber er fing an, die Zeitung zu lesen.

An einem Abend gingen sie zusammen in die Oper. Ruth saß in ihrem Stuhl auf dem Gang und Benjamin hatte einen Platz am Ende einer Reihe in ihrer Nähe bekommen. Er machte sich auf ein paar Stunden Langeweile gefasst, aber dann wurde es ganz anders. Eine märchenhafte Geschichte voll von Magie und Liebe, Tanz und Gelächter spielte sich auf der Bühne ab. Und die Musik! Benjamin hatte bis jetzt geglaubt, dass er sich nur etwas aus Jazz, Pop- und Rockmusik machte, vielleicht noch aus ein bisschen Folklore und Protestsongs. Das hier war etwas ganz anderes, aber unbeschreiblich herrlich! Manchmal machte er die Augen zu, sperrte das bunte Geschehen auf der Bühne aus und horchte nur hin, wie die Sänger sangen und die Geigen spielten – vor allem aber diese eine Flöte, die immer wieder aufklang.

Als sie nach Hause gingen, fragte er plötzlich: »Du, sag mal, wie hieß das eigentlich?«

Ruth sah in verblüfft an. »Was?«

»Das da eben, die Oper!«

Ruth holte tief Luft und fing dann an zu lachen, so heftig und anhaltend, dass ihr die Tränen über die Backen liefen.

»Was ist los mit dir?«, rief Benjamin.

»Du willst doch nicht sagen«, keuchte Ruth, vom Lachen erschöpft, »nein, das ist doch nicht möglich – willst du wirklich behaupten, dass du nicht mitgekriegt hast, dass wir heute Abend *Die Zauberflöte* von Mozart gesehen haben?«

»Manchmal bist du ganz schön überheblich«, sagte Benjamin.

Doch er lernte eine Menge durch sie. Wenn er auch wütend wurde, weil sie sich manchmal über seine Unkenntnis lustig machte, so brachte er es schließlich fertig, ab und zu den Spieß umzudrehen und ihr zu beweisen, dass sie keine Ahnung hatte, wie ein Elektromotor funktionierte oder ein Videorekorder.

Immer aber, wenn er zu ihr ging, war eine prickelnde Neugierde da: Was werden wir heute machen? Worüber werden wir diskutieren, uns streiten, uns einig sein? Doch die Hauptsache war das stolze Gefühl, dass sie ihn brauchte, dass auch sie ohne ihn in einem viel stärkeren Maße an ihre enge häusliche Welt gebunden blieb.

Wenn ihre Freunde sie besuchten, lud Ruth Benjamin dazu ein. Doch zu einer wirklichen Freundschaft kam es mit denen nicht. Er erreichte schließlich eine gleichgültige

Duldung von ihnen und fühlte sich in ihrem Kreise nie ganz wohl. Er beteiligte sich nicht an ihren Gesprächen, sondern saß still im Hintergrund und hörte zu. Ihre heftigen Diskussionen drehten sich um die Belange der Universität und öfter noch um Politik. Die krassesten und extremsten Meinungen stießen aufeinander, besonders bei dem Thema Terrorismus, wobei sich die schöne Irene und der lange Peter so sehr anschrien, dass Ruths Mutter ganz entsetzt hereingeflattert kam. Viktor legte zur Beruhigung eine Platte auf und Frau Bremer brachte eine große Kanne mit Tee, dem ständigen, nie versagenden Besänftigungstrank.

Die kleine Terrasse im Museumsgarten war hell beleuchtet. Fünf Leute machten Musik. Dem einen der beiden Gitarristen floss der Schweiß über das Gesicht. Sein Lockenkopf zuckte hin und her. Der dünne Große neben ihm hatte den Bauch vorgeschoben, die Gitarre dagegen geklemmt und wippte mit den Hüften. Er sah bleich aus und hielt die Augen halb geschlossen. Auch der Schlagzeuger schien in Trance, aus der er plötzlich zu wildem Leben erwachte und mit wirbelnden Armen und Beinen seine Instrumente bearbeitete. Der Oboist war ein Schwarzer mit sanften Augen. Wenn der Star der Band, ein Flötist, ein schmaler, ganz junger Kerl in schlecht sitzenden Jeans mit bebrilltem, ernstem Kindergesicht, einen süßen, leidenschaftlichen Klang aus seinem Instrument holte, war atemlose Stille. Der Flötenklang wob sich ein in das Tongebilde der anderen Instrumente, sang ein Duo mit der Oboe, umspielte den harten Takt der Gitarre und den hektischen Lärm des Schlagzeugs. Manchmal entließen sie einer nach dem andern die Flöte zu einem Solo. Süß und zart fing es an, kippte plötzlich über aus dem einlullenden Wohlklang in grelles, hohes Geschrill, das den Rhythmus der übrigen Instrumente wieder anzog und in sie einschmolz.

Es war in diesem Jahr das letzte abendliche Jazzkonzert im Museumsgarten. Eigentlich war es schon ein bisschen zu kühl dafür, doch die Band hatte einen so guten Ruf, dass sich die Freunde entschlossen hatten, mit Decken und Mänteln bewaffnet hinzugehen. Nun lagerten sie rund um Ruths Rollstuhl. Irene, in einem viel zu großen Pullover von Viktor, hatte ihren krausen Kopf an seine Knie gelehnt, aber ihre Schulter berührte die von Peter und ab und zu lächelte sie ihn an. Doch wichtiger noch als Irene war den Jungen Ruth, das sah Benjamin mit Eifersucht.

Ihr Rollstuhl war der Mittelpunkt der Gruppe, ein heimlicher Thron. Benjamin saß, wie meist, ein wenig abseits von den anderen. Die Musik war gut, sehr gut – aber öfter noch als zur erleuchteten Terrasse musste er zu Ruth hinüberschauen. Plötzlich sah sie ihn ebenfalls an, lächelte und rieb sich, als fröre sie, mit den Händen die Oberarme. Er kroch vorsichtig, um die Zuhörer nicht zu stören, mit der Decke zu ihr hin und hüllte sie ein. Ruth lehnte sich behaglich zurück, nickte ihm dankbar zu und schloss die Augen, um sich wieder voll auf die Musik zu konzentrieren.

Jetzt konnte auch Benjamin das Konzert ganz genießen. Die anderen verstanden besser mit ihr zu reden, aber solche Hilfe wie eben ließ Ruth sich fast nur von ihm gefallen. Er fühlte sich in seiner Haut wohl wie schon lange nicht mehr. Die Musik prickelte fröhlich in seinem Blut. Er klopfte mit dem Fuß den Takt zum Schwirren der Gitarren, dem Rhythmus des Schlagzeugs. Er spürte um sich die gleiche Erregung. Nein, er war nicht anders als die, die hier hockten und lauschten. Er war so normal wie sie: einer, der lachte, sprach, Musik hörte, ins Theater ging, Freunde hatte, für irgendwen da und zu irgendetwas nütze war.

Als die Band schwieg, brauchten die Zuhörer erst eine Weile, bis sie zurückfanden aus den verschiedenen Himmeln und Höllen, in die der Ton der Flöte sie getragen hatte. Dann prasselte der Beifall. Die Jungen vorn wirkten, als hätte man sie gestört, verbeugten sich flüchtig und ungeschickt und fingen schließlich an die Instrumente einzupacken, ohne sich weiter um ihr Publikum zu kümmern.

In der Museumshalle, die sie durchqueren mussten, stießen Ruth und die Freunde auf eine Gruppe junger Leute, drei Jungen und ein Mädchen. Ein fetter Riese mit flauschigem, blondem Bart, den dicken Bauch in eine lila Latzhose gezwängt, kam mit flatternden Armen auf sie zugestürmt. »He, Ruth, mein Schatz, und ihr anderen Halunken, hört mal, ich hab heute mein Vorexamen gemacht und – hättet ihr das gedacht? – sogar bestanden! Das muss echt gefeiert werden. Kommt ihr mit zu uns?«

Er wurde umarmt, geküsst, man klopfte ihm auf die breiten Schultern und riss ihm beinahe die Arme aus den Gelenken. Gemeinsam zogen sie zu einem hohen Altbau. Nein, einen Fahrstuhl gab es nicht, aber Viktor und Axel, der blonde Riese, verschränkten ihre Hände, setzten Ruth darauf und trugen sie unter Lachen und Geschrei im Sturmschritt die Treppen bis zum obersten Stockwerk hinauf.

Die große Wohnung hatte mehrere hohe Zimmer, aber fast keine Möbel, nur Matratzen und einen einzigen alten Schaukelstuhl, in dem Ruth von ihren Trägern vorsichtig abgesetzt wurde. Die anderen lagerten sich auf die Matratzen. Axel holte ein paar Flaschen vom Balkon, und seine Freundin Bea brachte ein Sammelsurium von Wasser-, Wein- und Sektgläsern, außerdem ein paar angeschlagene Tassen. Dann stellte sie zwei Flaschen, die dick mit buntem Stearin betropft waren, auf den Fußboden und zündete die Kerzenstummel darin an. Sie löschte das Deckenlicht, verteilte noch ein paar Untertassen als Aschenbecher zwischen den Beinen der Sitzenden und ließ sich erleichtert aufseufzend neben Benjamin auf die Matratze fallen. Hier rollte sie sich zusammen und dekorierte die vielen Stoffe, die um sie flatterten, den weiten Zigeunerrock und eine karierte Stola, malerisch um sich. Axel öffnete eine Flasche mit Wein und schenkte Gläser und Tassen voll.

»Habt ihr auch Saft zu trinken?«, fragte Benjamin leise das Mädchen Bea. Sie sah ihn erstaunt mit runden, honigbraunen Augen an. »Ich habe grässlichen Durst!«, murmelte er hastig.

»Mal sehn.« Sie stand auf und verschwand, kam mit einem Glas zurück. »Apfelsaft, der letzte Rest von dem Zeug!«

Benjamin war erleichtert. Wer nicht genau hinsah, konnte bei dem schummrigen Kerzenlicht kaum erkennen, dass er etwas anderes als Wein in seinem Glas hatte. Auch kümmerte sich niemand um ihn. Alle tranken Axel zu und bestürmten ihn zu erzählen, wie er es angestellt hatte, bei so ausnehmend wenig Kenntnissen sein Examen zu bestehen. Er berichtete, sprang auf und stellte mit temperamentvoller Beweglichkeit seines fetten Körpers und flatternden Armen die ganze Prüfung pantomimisch dar, ließ mit verstellter Stimme die Professoren fragen und sich mit seiner normalen antworten, lieferte ein kabarettreifes Stück. Die anderen lachten, schimpften aber, weil er alles so auf die leichte Schulter nahm, wollten mehr und genauer wissen, wie die Fragen hießen, mit welchen Antworten der Prüfer zufrieden war, denn bald würden sie an Axels Stelle dort stehen.

Das Mädchen Bea neben Axel gähnte. »Scheißuni«, murmelte sie. »Scheißexamen!« Sie sah Benjamin von der Seite an, grinste, wobei sie sehr weiße, etwas vorstehende Vorderzähne zeigte. »Gehörst wohl auch nicht zu der studierten Bande, was?«

Sie war sehr hübsch mit ihrer schmalen Taille, die sie durch einen breiten Gürtel über dem Zigeunerrock betont hatte, und schön geformter fester Brust, die aus dem tiefen Ausschnitt der Spitzenbluse im Ansatz zu sehen war. Allerhand bunte Ketten, mit denen sie ständig spielte, klapperten am langen Hals. Ihr Gesicht war dreieckig, mit spitzem Mund, der immer aussah, als wenn er gerade etwas knabberte, breiten Backenknochen und runden braunen Augen. Das Schönste war ihr Haar. Dick, kupferrot und lockig fiel es ihr über die Schultern.

Benjamin wickelte sich eine Locke um die Finger. »Echt oder gefärbt?«, fragte er und kam sich mutig vor, aber seltsamerweise hatte er vor diesem Mädchen keine Hemmungen. Sie riss ihm mit einem Kopfdrehen die Strähne aus der Hand. »He, Mann, was denkst du? Natürlich echt! Aber ich hab dich was gefragt. Bist du auch so 'n Scheißstudent?«

»Zahntechniker.«

Sie lachte. »Siehste, hab ich mir gleich gedacht: Wir beide sind die einzigen Schwachsinnigen hier. Ich war früher Verkäuferin im Schuhladen – aber jetzt mach ich Schmuck, verkauf ihn auf'm Flohmarkt.« Sie zeigte ihm ein paar primitiv aus Draht geflochtene Armreifen an ihrem Handgelenk und einen Ring mit buntem Glasstein. »Mann, ich weiß, was du jetzt denkst.« Sie lachte wieder. »Brauchst dir echt keine Komplimente abzuquälen, nicht nötig! Aber du wirst lachen, ich verkaufe den Mist wirklich. Leute aus der Provinz finden es todschick, vom Flohmarkt aus der Stadt einen Ring mit nach Hause zu bringen. Natürlich werd ich nicht reich dabei, aber im Augenblick ist's genug. Axel kriegt Stipendium und hat ab und zu einen Job. Irgendwie kommen wir schon durch. Die Wohnung? Wir müssen ja nur dieses eine Zimmer hier bezahlen, in den anderen wohnen Klaus, der mit den schwarzen Haaren da, und Giovanni. Der ist Kellner und arbeitet im Augenblick. Giovanni verdient am meisten. Er hat zwei Zimmer.« Sie zündete sich eine Zigarette an.

Benjamin erzählte von seiner Arbeit, und Bea hörte zu, stellte Fragen nach den Arbeitskollegen und danach, was er in der Freizeit so mache. Er war erstaunt, wie leicht es ihm fiel, von sich zu sprechen. Bei Ruth hatte er immer das Gefühl, er müsse sich beweisen oder verteidigen. Bei Bea brauchte er seine Gedanken nicht zu kontrollieren. Wie sie schwatzte er munter drauflos, was ihm gerade in den Sinn kam. Das war lustig und entspannend. Öfter wurde ihr Gespräch unterbrochen. »Bea«, rief Axel, »Nachschub! Hol Wein vom Balkon!« – »Bea, irgendwo sind doch noch Kekse und Salzstangen!« – »Mach mal Musik, Bea, dalli, dalli, na mach schon!« – »Doch nicht dieses Band, leg das andere ein! Nicht so laut, man kann ja sein eigenes Wort nicht hören – he, nun ist's wieder zu leise!«

Sie stöhnte, zog die Augenbrauen hoch, erhob sich aber doch jedes Mal und tat, was Axel verlangte.

Benjamin ärgerte sich. »Der hetzt dich ja ganz schön!«

Sie zuckte mit den Schultern. »Mann, der spielt gerne den dicken Boss, aber im Grunde ist er gar nicht so übel.« Sie rollte sich wieder neben Benjamin zusammen. Rothaarig, rundäugig, mit leicht vorstehenden Zähnen und flinken, weichen Bewegungen sah sie aus wie ein Eichhörnchen. Sie roch gut, ein wenig süß und schwül – aber Benjamin mochte es.

Irene und Viktor hatten angefangen zu tanzen, drehten sich eng aneinander gelehnt langsam im Kreise. Elvis Presley sang schmelzend. Dann kam etwas Wildes und Heißes. Bea sprang auf und zog Benjamin hoch. »Na los, komm schon!«

Er zögerte, er konnte nicht gut tanzen. Doch schon stand er da und Bea wirbelte um ihn herum mit geschmeidigen Eichhörnchensprüngen. Sie nahm ihn an der Hand, führte ihn, zog ihn näher. Er merkte, wie ihr Rhythmus auf ihn übersprang, wie auch seine Bewegungen lockerer wurden und er Lust daran bekam.

»Zieh die Schuhe aus!«, rief sie und schleuderte die ihren von den Füßen irgendwo in den Raum hinein. Ohne mit dem Tanz aufzuhören, schrie sie noch einmal: »He, Mann, die Schuhe!«

Er hockte sich hin und band umständlich die Schnürsenkel auf. Schon riss sie ihn wieder hoch. Sie tanzten auf Strümpfen weiter und Benjamin vergaß schnell, dass er komisch gestreifte Socken anhatte, solche, wie sie ihm Greta stets aufschwatzte. Der hackenden Musik folgte wieder ein Soft. Bea drängte sich in seine Arme und legte ihre Backe, die schwach nach Puder duftete, an die seine. Die anderen kümmerten sich nicht um sie. Eine hitzige Diskussion um die Gründung einer neuen Studentenvertretung hielt sie in Bann. Bea und Benjamin waren wie auf einer einsamen Insel fern von ihnen.

Das Tonband war zu Ende. Bea ging ein neues holen und Benjamin setzte sich wieder auf seinen Platz. Sie kam zurück, hockte sich auf die Matratze neben ihn und trank den letzten Rest aus ihrem Glas. Sie verzog das Gesicht. »Brr, Scheißwein, mieses Zeug!« Sie stellte das Glas hin und flüsterte Benjamin zu: »Du, ich hab was Besseres für uns – aber nicht verraten. Es reicht für uns beide!«

Sie sprang auf und verschwand in der Küche. Kurze Zeit darauf kam sie und trug vorsichtig zwei Gläser, die bis zum Rand mit einer bräunlichen Flüssigkeit gefüllt waren. Sie setzte das eine vor Benjamin hin. »Komm, wir stoßen an, trinken Brüderschaft.«

»Aber wir duzen uns doch schon sowieso!«

»Na und? Dann müssen wir's eben nachholen. Ein Grund zum Trinken ist immer gut.«

Er sah in ihre lachenden Augen und nahm das Glas.

»Benjamin, lass die Finger davon!«, kam von irgendwo oben Ruths heftige Stimme. Es war ganz plötzlich still im Raum. Die Diskutierenden schwiegen und sahen verblüfft und verlegen von Ruth zu Benjamin.

Das Mädchen Bea fand als Erste die Sprache wieder: »He – was soll das?«

Axel war näher getreten und nahm ihr das Glas aus der Hand. »Was is'n das?« Er schnüffelte misstrauisch und rief dann empört: »Du Biest, du, was fällt dir ein?«

In komischer Verzweiflung wandte er sich an die anderen. »An meinen letzten Tropfen Whisky ist sie gegangen, diese Gurke!«

»Ich möchte gehen«, sagte Ruth, »ich will nach Hause!«

Die Freunde versuchten sie zum Bleiben zu bewegen, aber sie schüttelte mit verkrampftem Gesicht den Kopf.

Benjamin war sehr blass geworden. Bea flüsterte ihm zu: »Das war stark! Ist die eifersüchtig?«

Er zuckte mit den Achseln, ohne sie anzusehen, stand auf und ging hinaus, ohne sich von den anderen zu verabschieden. Viktor und Axel trugen Ruth die Stufen hinunter, aber keiner von ihnen lachte wie bei der Ankunft.

Schweigend schob Benjamin den Stuhl durch die nächtlichen Straßen. Zorn drückte ihm die Kehle zu. Er ging unsanft mit dem Rollstuhl um, wenn er ihn über Bordkanten fahren musste.

Nach einer Weile sagte Ruth leise: »Du, entschuldige! Aber ich war so erschrocken, als ich das sah. Ein einziges Glas kann dich – «

Er unterbrach sie heftig. »Das ist meine Sache, das geht dich einen Scheiß an. Du bist nicht meine Mutter oder meine Aufseherin. Ich kann allein auf mich aufpassen!«

»Das kannst du eben nicht!«, antwortete Ruth gereizt. »Ein einziges Glas kann dich wieder von der Rolle bringen.«

»Auch das geht dich einen Dreck an!«, explodierte Benjamin. »Ich bin kein Hosenscheißer mehr. Wenn ich saufen will, dann sauf ich eben, verstanden! Ich hab genug von deiner Rumkommandiererei! Du willst mich ja nur als Erfolg in deine Kartei eintragen, sonst interessiere ich dich überhaupt nicht. Du hast ja deine Freunde, mit denen du sowieso besser reden kannst als mit mir. Ich hab heute Abend endlich mal jemanden gefunden, mit dem *ich* gut reden konnte, und da machst du mir alles kaputt!«

Sie lachte kurz auf. »Reden – mit der? Die hat doch einen Wortschatz wie ein Säugling. Mit der kann man doch nicht reden!«

»Ach du! Ihr alle tut immer, als ob ihr was Besseres seid, bloß weil ihr so superschlaue Fremdwörter kennt. Ich bin da zu doof zu, genau wie die Bea, und darum gehöre ich mehr zu ihr als zu euch!«

Von nun an sprach keiner mehr ein Wort. Benjamin schloss die Tür von Ruths Haus auf, schob den Stuhl in den Lift, öffnete die Wohnungstür, brachte Ruth in die Diele, drehte den Lichtschalter an und ging fort, ohne auf Wiedersehen zu sagen.

Am liebsten wäre er jetzt in eine Kneipe gegangen, doch es war keine mehr offen. Aber morgen würde ihn nichts mehr halten, das nahm er sich fest vor. Eine kurze Zeit heute Abend hatte er geglaubt, dass alles überstanden sei, dass er kein Außenseiter mehr war, sondern ganz normal, wie die anderen auch. Doch Ruth hatte ihm sehr deutlich gezeigt, dass das nicht stimmte, dass er immer noch ein Trinker war, dem man misstraute. Nie würde er ganz dazugehören. All die Mühe hatte keinen Zweck. Morgen würde er sich volllaufen lassen!

Greta weckte ihn wie gewöhnlich am nächsten Morgen um halb sieben. Er setzte sich auf den Bettrand, gähnte und wollte ins Badezimmer gehen, als ihm alles wieder einfiel. Der Zorn war während des Schlafes verflogen, aber eine Depression blieb, die ihn niederdrückte, als trüge er ein Bleigewicht. Er überlegte, ob er sich wieder ins Bett zurückfallen lassen sollte. Aber wozu? Schlafen konnte er jetzt nicht mehr, und das miese Gefühl würde beim Rumliegen sicher nur noch schlimmer werden. Lange war ihm nicht so elend gewesen. Es gab ein Mittel, das ihn sofort davon befreien würde. Ein einziges Glas Schnaps oder Bier, und er würde sich besser fühlen! Doch es war in der ganzen Wohnung kein Tröpfchen Alkohol, dafür hatte Greta gesorgt.

Missmutig zog er sich an. Schön, er würde ins Labor gehen, seine Arbeit machen. Aber abends, nach dem Dienst, konnte ihn keiner davon abhalten, mal wieder in eine Kneipe zu gehen. Er würde Ruth beweisen, dass er jetzt so weit war, ein paar Gläser nehmen zu können, ohne sich gleich sinnlos zu besaufen. Dieser Gedanke gab ihm Auftrieb. Er würde etwas trinken, sich dadurch wohler fühlen und gleichzeitig Ruth zeigen, dass ihn ein bisschen Alkohol nicht umwarf, dass er ein selbstständiger Mensch war, der mit sich allein fertig wurde.

Die Vorfreude auf den Alkohol gab ihm Schwung bei der Arbeit. Er war vergnügt, alberte mit der dicken Heidi herum, pfiff vor sich hin, pfiff auch, als er abends allein im Labor aufräumte, was die Lehrlinge umschichtig taten. Der Meister ging durch den Raum, blieb bei Benjamin stehen, sah ihn nachdenklich und fast ein wenig schüchtern an. »Bist vergnügt, was? Junge, du machst dich gut. Am Anfang hab ich manchmal gedacht, aus dem wird nichts, so unsicher, wie er ist, und so empfindlich bei jeder Kritik – aber jetzt! Ich wollte dir das schon lange mal sagen: Du bist mein bester Lehrling – bist wohl drüber weg, was?«

Benjamin wurde rot. Das Lob hatte ihn gefreut. Aber nun kam wieder heraus, dass der Chef nicht vergessen konnte, was mal mit ihm los gewesen war; niemand würde das je vergessen. Deshalb hatte es keinen Sinn, dass er sich so wahnsinnige Mühe gab. Wozu? In den Augen der Leute würde er immer ein Trinker bleiben. Er presste die Lippen zusammen und fegte verbissen weiter den Fußboden, ohne zu antworten.

Warum ging der Meister nicht? Er sollte doch endlich weggehen! Aber der Chef rührte sich nicht von der Stelle, setzte sich schließlich sogar auf den nächsten Arbeitstisch, nahm die Brille ab und fing umständlich an sie zu putzen. »Du kannst froh sein, mein Junge«, sagte er gequält, »bei uns hat's wieder angefangen.«

Benjamin wusste zuerst nicht, wovon die Rede war,

dann fiel's ihm wieder ein. Er hörte auf zu fegen. »Ihre Frau? Tut mir Leid, Chef!«, würgte er hervor.

Der Meister nickte und setzte die Brille mit zitternden Händen auf die Nase. »Immer und immer wieder fängt's von vorn an. Mal denken wir: Nun hat sie's überwunden! Aber dann geht's bald wieder los, das Lügen und Betrügen, die Heimlichkeiten, kein Wort kann ich ihr dann glauben. Sie wird dann ein völlig anderer Mensch, einer, den ich nicht verstehe, weißt du, der jemand ganz anderes ist als die Frau, die ich mal geheiratet habe und die ich trotz allem immer noch liebe, um die ich Angst habe. Was soll bloß aus ihr werden?«

Plötzlich sah er auf, als erwache er aus einem quälenden Traum. »Entschuldige«, sagte er leise. »Warum erzähle ich dir das denn alles? Du bist jung und wirst es schaffen. Es ist leichter, wenn man noch jung ist. Aber pass auf! Keinen Tropfen mehr, hörst du?« Seine Stimme wurde heftiger. »Der verdammte Alkohol kann dir dein ganzes Leben kaputtmachen und das deiner Angehörigen dazu!« Er drehte sich rasch um und ging schnell hinaus.

Benjamin sah ihm nach. Plötzlich verstand er. Verstand, dass Ruths harte und taktlose Bemerkung gestern Abend nichts als Angst gewesen war, Angst um ihn, Benjamin, nicht um irgendeinen Fall. Hätte sie sich sonst so sehr aufregen können? Er stand eine Weile mit dem Besen in der Hand und starrte vor sich hin. Dann fing er an, in seinem Schubfach zu kramen.

Zwischen Goldabfällen, Draht, einem Zahnabdruck aus Gips und allerlei Werkzeug zog er schließlich einen Metallreif hervor, nahm ein weiches Tuch und begann zu putzen.

Sein Kollege Erwin, der neben der Zahntechnik künstlerisch arbeitete, hatte an der Volkshochschule einen Goldschmiedekurs belegt und arbeitete mit Erlaubnis des Meisters abends manchmal an kleinen Schmuckstücken für seine Freundin und die Mutter. Benjamin hatte ihm einiges abgeguckt und selber versucht etwas zu Stande zu bringen, wobei Erwin ihm gutmütig half. Es war schwieriger, als er geglaubt hatte. Eine Brosche und ein Ring waren misslungen. Benjamin wollte schon aufgeben, als er eines Abends ein Stück Silber spielerisch zu einem Reifen bog. Er fing an, darauf ein wenig zu ziselieren, und versenkte sich immer mehr in die Arbeit, führte sie sorgfältig und genau aus, weil sie ihm Freude machte.

Er brachte ein brauchbares Stück zu Stande, mit dem er zufrieden war. Es sollte ein Weihnachtsgeschenk für Ruth sein. Doch nun wollte er damit nicht mehr warten. Er putzte, bis der Armreif glänzte, steckte ihn in die Tasche und machte sich auf den Weg zu Ruth.

Ruth sah sehr blass aus, abgespannt. Finster auch mit dem schwarzen Brauenstrich über den Augen. Dann stieg etwas Röte in ihr Gesicht. Die Brauen hoben sich, trennten sich. Sie lächelte zaghaft: »Schön, dass du kommst, Benjamin!«

Er hörte ihrer Stimme die tiefe Erleichterung an. Sie nahm den Reif aus seiner Hand und bewunderte den gewundenen Schlangenkörper mit dem dreieckigen Köpfchen, das als Augen zwei kleine Malachite trug. Benjamin hatte sie in einem Geschäft für Kristalle gekauft. Ruth drehte den Armreif hin und her. »Du, der gefällt mir sehr!«

Sie wollte ihm den Schmuck zurückgeben, aber er schüttelte den Kopf. »Der ist doch für dich!«

»Für mich?« Sie lachte verlegen. »Benjamin, das geht nicht. Du musst ihn deiner Mutter schenken.«

Er war enttäuscht. »Er gefällt dir nicht, stimmt's?«

»Das ist nicht wahr! Ich finde ihn unheimlich schön – aber deiner Mutter . . .«

Benjamin streifte ihr den Reif über den Arm. »Du sollst ihn haben. Für Mutter mache ich eine Brosche.«

Ruth schob den Pulloverärmel zurück, drehte den Arm hin und her, ließ das Silber im Lampenlicht aufblitzen, die Malachitaugen schimmern. »Ich finde den ganz toll. Er ist wunderschön!«

Die Schlange, die sich um den dünnen, bräunlichen Arm wand, war wirklich schön. Sie war anders als das billige Zeug, das Bea herstellte.

»Früher wollte ich dir ja mal eine Tonkatze schenken«, sagte Benjamin, »aber das hier geht nicht so leicht kaputt!«

Später sprachen sie ruhig über gestern. Ruth entschuldigte sich bei ihm, dass sie die Selbstbeherrschung verloren hatte. »Ich war so erschrocken.«

Benjamin gab zu, dass er sich mit Bea hauptsächlich deshalb angefreundet hätte, weil er sich in dem Kreis als Außenseiter fühlte.

»Warum glaubst du, dass du nicht mitreden kannst?«, fragte Ruth. »Kannst du nicht endlich deine verdammten Komplexe ablegen!«

Benjamin zuckte mit den Schultern. »Ihr redet über die Uni, und davon weiß ich nichts. Oder über Politik, und davon versteh ich nicht viel. Oder über moderne Literatur, und davon hab ich nicht die Spur Ahnung.«

»Hast du in der Schule nicht lesen gelernt? Warum liest du dann so wenig?«

Lesen war bis jetzt für Benjamin etwas Ähnliches wie der Alkohol gewesen, nur nicht mit so bösen Folgen: Er benutzte es zur Flucht aus einer Welt, mit der er nicht zurechtkam. Wenn er in Krimiheftchen oder Cowboy-Storys eintauchte, träumte er sich in die Rolle des Helden hinein, der die tollsten Abenteuer mit Gegnern und Frauen erlebte, der stets unüberwindlich war und immer strahlender Sieger blieb. Hier war Benjamin der tapfere Verteidiger des Guten und Edlen, der schließlich nach großen Gefahren mit Geld, Ruhm und dem schönsten aller Mädchen belohnt wurde. Bei der Rückkehr aus dieser künstlichen Welt in die Realität fühlte er sich meist doppelt jämmerlich.

Jetzt fing er eine neue, andere Art des Lesens an. Er ließ sich von Ruth Bücher geben, Sachbücher über politische Probleme, andere Länder und Umweltfragen, Romane und sogar Gedichte. Zuerst hatte er Mühe sich zu konzentrieren, wenn ihn nicht eine spannende Handlung davontrug, aber er mühte sich, damit er später mit Ruth darüber sprechen konnte. Manches Buch legte er als zu schwierig beiseite, aber dann gab es wieder eines, das ihn packte. Ein Bericht über Atomenergie zum Beispiel, der ihn tagelang beschäftigte und erregte, Gedichte von Benn und vor allem der Roman *Der Steppenwolf* von Hermann Hesse, in dessen Hauptfigur er etwas von sich selbst wieder zu finden meinte. Fast nie hatte er jetzt, wenn er ein Buch zuklappte, das schale Gefühl aus einer Lüge aufzuwachen. Es konnte Ärger sein, dass er etwas nicht begriff oder nicht mochte, was aber dann auch Zündstoff geben konnte zu Diskussionen mit Ruth und den anderen. Ja, er diskutierte im Freundeskreis jetzt manchmal mit. Anfänglich musste Ruth ihn in ein Gespräch hineinschubsen, indem sie sagte: »He, da ist Benjamin aber anderer Meinung.« Dann fragte Viktor oder ein anderer: »Wieso? Sag mal, wieso?«

Zuerst sprach Benjamin zögernd, stockend. Aber sie hörten ihm zu und manchmal stimmte ihm jemand bei und manchmal sagte jemand: »Das ist Blödsinn, was du da sagst!« Doch dann gab er nicht klein bei, sondern verteidigte seinen Standpunkt. Er wurde sicherer und freier und griff ab und zu sogar selber kritisch an. »Was redet ihr bloß für einen Stuss zusammen! Was habt ihr nur für aufgeblasene Wörter! Kann doch keiner verstehen! Was soll das denn heißen: *Ökologische Probleme bedürfen einer Visualisierung?*«

Einen Augenblick herrschte verblüfftes Schweigen. Dann fing Irene an schallend zu lachen. »Er hat Recht, der Kleine! Was quatschen wir für ein blödes Fachchinesisch! Können wir uns denn nicht mehr in Deutsch ausdrücken?«

Peter widersprach: »Für komplizierte Vorgänge braucht man ein kompliziertes Vokabular.«

Aber die anderen fielen über ihn her. »Spreiz dich doch nicht so! Als wenn das, was du denkst, so bedeutend ist, dass du dafür eine Extrasprache brauchst!«

Es war ein Sieg für Benjamin. Sie schlugen ihm auf die Schultern und versuchten an diesem Abend sich klar und einfach auszudrücken, aber am nächsten rutschten sie unwillkürlich wieder in ihren gewohnten Studentenjargon hinein. Doch Benjamin war das nicht wichtig. Er hatte gegen ihre Sprache protestiert und war anerkannt worden. Das hob sein Selbstgefühl und machte ihn in diesem Kreise heimischer.

Greta war eifersüchtig. Fast nie mehr saß er abends neben ihr am Fernseher. Entweder hockte er in seinem Zimmer und las oder er ging fort, zu Ruth, ins Theater oder ins Konzert. Wenn Greta ihn fragte, was für ein Buch er lese, tat er oft von oben herab: »Das verstehst du nicht!« Und wenn sie sich beklagte, dass er so viel von zu Hause fort sei, meinte er ungehalten: »Was willst du denn! Ich arbeite und kann doch wohl in meiner Freizeit machen, was ich will. Oder wär's dir lieber, wenn ich wieder saufe? Musst du bloß sagen.«

Natürlich wäre ihr das nicht lieber – aber Benjamin

wurde ihr so fremd. Er benahm sich anders, zog sich anders an und sprach anders als früher. Auch nörgelte er oft an ihr herum. »Wie du dich immer anziehst! Du kannst doch nicht eine blaue Bluse zu einem grünen Rock tragen. Und die Haare! Lass dir doch mal 'ne vernünftige Frisur machen!«

Sie ärgerte sich und war traurig. Bis jetzt war sie stets für ihn der wichtigste Mensch gewesen. Plötzlich schienen andere Menschen für ihn wichtiger zu sein. Und doch war sie sich klar darüber, dass diesen gelang, was ihr nicht gelungen war: ihn vom Trinken abzuhalten.

Aber konnten das Mädchen Ruth und ihre Freunde ihn für immer davon abbringen? Würden sie nicht eines Tages vielleicht müde werden, ihn fallen lassen? Und finge dann nicht alles wieder von vorne an?

Selten dachte Benjamin an Margitta. Doch wenn er sich erinnerte, dann war da ein nagendes Schuldgefühl. Sicher, er verdrängte es. Aber eines Abends, als er Ruth zur Telefonseelsorge gebracht hatte, fasste er einen plötzlichen Entschluss.

Er war sonst meist mit dem Bus nach Hause gefahren, um die Begegnung mit den Trinkern im Bahnhof zu vermeiden. Nun versuchte er von außen durch die trüben Scheiben der Eingangstür in die Halle zu blicken, aber durch den Schmutz konnte er nur schemenhafte Gestalten erkennen. Er stieß die Tür auf und trat zögernd ein, wollte sich nur rasch einmal umblicken, ob er Margitta sah, konnte sie aber nicht entdecken. Er bahnte sich einen Weg durch die eilenden Reisenden.

In der Ecke, in der die Männer zusammenkamen, standen heute nur drei von ihnen: Armleuchter, Karlchen und ein Fremder. An der Wand lag, mit Zeitungspapier zugedeckt, einer und schlief. Als ein trockener Husten den Schlafenden hochfahren ließ, erkannte Benjamin den Baron. Benjamin wollte sich davonmachen, aber Armleuchter hatte ihn entdeckt und winkte eifrig. »He, Engelsgesicht! Sieht man dich auch mal wieder! Kannst ruhig herkommen. Paschunke ist nicht zu erwarten.«

Vielleicht kann ich etwas von ihnen über Margitta erfahren, dachte Benjamin, ich werde nur ganz kurz mit ihnen reden. Er gab sich einen Ruck. Armleuchter grinste erfreut. »Komm, trink 'n Begrüßungsschluck!«

Er entriss dem protestierenden Karlchen die Schnapsflasche und hielt sie Benjamin hin. Der schob sie beiseite und sagte hastig: »Hab keine Zeit! Hab 'ne Verabredung. Außerdem – wenn Paschunke kommt . . .«

»Keine Angst, entspann dich, Engelsgesicht. Der Chef kann nicht kommen, der ist im Knast, dem ham die Bullen hopsgenommen. Na, nu sei nicht so, trink mit uns 'nen kameradschaftlichen Schluck!«

Benjamin schüttelte den Kopf. »Tut mir Leid, aber es geht wirklich nicht. Sagt mal, wisst ihr, wo Margitta ist?«

»Ho, ho!«, rief Armleuchter. »Hast's auf die Schickse abgesehen? Du, von der lass lieber die Finger!«

Karlchen kicherte. »Du bist wohl lebensmüde! Wenn Paschunke abgesessen hat, macht der Buletten aus dir!«

Armleuchter nickte. »Stimmt! Wenn der aus'm Knast kommt und du hast sein Pferdchen gebumst, dann ist's zappenduster.« Er wurde plötzlich ganz ernst. »Dann bringt er dich um! Kannste Gift drauf nehmen, Junge!«

»Ich will ja gar nicht mit der . . . mit der . . . Ich will nur wissen, wo sie ist!«

Karlchen wollte etwas sagen, aber Armleuchter fiel ihm

ins Wort: »Wozu willst'n das wissen? An der ist doch sowieso nichts mehr dran. Die ist total ausgeflippt.«

»Und übrigens wissen wir gar nicht, wo sie sich rumtreibt. Jetzt, wo der Paschunke nicht da ist . . .« Armleuchter blinzelte Karlchen zu.

Benjamin verabschiedete sich hastig. Sie ließen ihn ohne Widerspruch gehen. Sie wussten etwas, aber sie wollten es ihm nicht sagen. Er verließ den Bahnhof und ging zur Bushaltestelle. Plötzlich wurde er von hinten am Ärmel gezupft. »He, hör mal!«

Neben Benjamin stand der Mann, der eben mit Armleuchter und Karlchen zusammen in der Halle getrunken hatte.

»Wenn du was springen lässt, sag ich dir was.«

Es war ein schmuddeliger, kleiner Kerl unbestimmten Alters mit einem weißblonden Bürstenkopf. Über der linken Stirnhälfte hatte er eine wulstige Narbe, die die Augenbraue hochzog, was dem Gesicht etwas Überhebliches gab. Er grinste verschwörerisch.

Benjamin trat einen Schritt zurück. »Was wollen Sie? Lassen Sie mich in Ruhe!«

Der andere kam näher, ganz dicht. »He, sei nicht so laut, sonst spitzt mich der Armleuchter. Ich denke, du willst was wissen?«

Jetzt begriff Benjamin. Er suchte in seinem Portmonee und legte dem Mann ein Zweimarkstück in die gierig hingestreckte Hand. Der hob es dicht an die Augen, betrachtete es kritisch und meinte dann ärgerlich: »Du willst mich wohl verscheißern? Wenn du wirklich interessiert bist, musst du schon noch zulegen. Fünf, rück schon raus! Dann werd ich dir was vorzwitschern.«

Benjamin suchte noch drei weitere Markstücke und gab sie dem Mann, der sie hastig in die Hosentasche schob.

»Im *Kakadu* ist sie oft oder in der *Mollenstube,* manchmal auch im *Schrägen Emil,* aber meist treibt sie sich auf der Straße rum. Kannst nicht mehr viel mit der anfangen. Die ist kaputt!«

Er wollte sich davonmachen, aber Benjamin hielt ihn am Arm fest. »Wo sind die Kneipen?«

»Was du alles wissen willst!«, brummte der Mann und beschrieb es ihm widerwillig.

Benjamin überlegte, ob er gleich in eine der Pinten gehen sollte. Vielleicht würde er Margitta finden. Und weil sie jetzt keine Angst vor Paschunke zu haben brauchte, könnte er sie womöglich überreden mit ihm zu Ruth zu kommen. Doch bei diesem Gedanken fiel ihm ein, dass Ruth es ihm übel nehmen würde, wenn er, ohne sich mit ihr abzusprechen, nach Margitta suchte. Benjamin rief von der nächsten Telefonzelle aus an.

Ruth machte ihm keine Vorwürfe, wie er es eigentlich erwartet hatte, sondern sagte nur: »Warte bis morgen, dann komme ich mit!«

»Du willst mit?«

»Ja, wenn du mit *mir* hingehst, werden sie dir nichts tun.«

Er zögerte. Aber dann fiel ihm ein, dass Margitta sich Ruth gegenüber vielleicht nicht so abweisend verhalten würde wie bei ihm. Er war in ihren Augen ja auch einer von den Kaputten, der keinerlei Recht hatte ihr Vorhaltungen zu machen. Ihm würde sie auch keine Hilfe zutrauen.

Sie verabredeten sich für den nächsten Abend um acht Uhr. Er würde Ruth unter dem Vorwand mit ihr ins Kino zu gehen von zu Hause abholen.

Der Novemberwind trieb welke Blätter die Straße entlang.

Der Himmel hing tief und dunkelgrau. Ein dünner Nieselregen ließ Ruth in ihrem Stuhl frösteln. Sie zog die wasserdichte Plane höher über ihren Schoß und versteckte die Hände darunter. Benjamin schob den Stuhl um Pfützen und Abfall herum. Im blassen Licht der Laternen und wenigen Schaufenster musste er aufpassen, wohin er trat. Im Rinnstein lag eine tote Taube.

Das Lokal *Mollenstube* lag an einer Ecke. Als Benjamin die Tür öffnete und Ruth hineinschob, nahm zuerst niemand von ihnen Notiz. An der Theke standen dicht an dicht Männer, hielten einen Fuß auf eine Stange gestemmt, die unten am Tresen entlanglief, schwenkten Bier- und Schnapsgläser, rauchten und redeten laut und lärmend aufeinander ein. Es war stickig und roch schal. Ein Wirt mit einer eingeknickten Boxernase im schwammigen Gesicht stand am Bierhahn und goss eine Reihe von Gläsern voll. Der Schaum schwappte zischend über. Er sah als Erster auf, drehte den Hahn zu und starrte sie verwundert an. Es dauerte eine Weile, bis die anderen seinem Blick folgten. »Jetzt leck mich doch!«, rief einer. »Was kommt denn da?« Ein anderer pfiff durch die Zähne, ein Dritter meckerte los: »Die haben wohl die falsche Tür erwischt!«

Der Wirt beugte sich über die Theke, schaute schräg an Ruth vorbei und wandte sich an Benjamin. »Sie wünschen?«

Benjamin musste schlucken, ehe er antworten konnte: »Wir suchen ein Mädchen, ein dünnes, blondes Mädchen. Margitta heißt sie. Sie soll manchmal hier sein!«

Er merkte, wie das Erstaunen um sie wuchs. Wieder trafen Ruth schräge Blicke, wieder stieß einer einen leisen Pfiff aus. Der Wirt hatte sich aufgerichtet und blinzelte durch den dichten Zigarettenrauch zu einer Ecke hinüber, in der ein paar Stühle und ein Tisch standen. Zwei Mädchen saßen dort, die offensichtlich warteten. Beide waren stark geschminkt. Die eine sah dick und verquollen aus, saß plump mit gespreizten Beinen, über die der kurze Rock hoch gerutscht war, auf ihrem Stuhl, rauchte und starrte leer und gelangweilt vor sich hin. Die andere war jünger und hübscher, hatte eine schwarze Ponyfrisur, schaute in einen Taschenspiegel, den sie hin und her schob, um jeden Quadratzentimeter ihres Gesichtes betrachten zu können, und fing schließlich an ihre Nase zu pudern.

Der Wirt wandte sich von ihnen ab. »Margitta ist heute nicht hier. War schon lange nicht mehr da. Kann sein, die Bullen haben sie mal wieder hopsgenommen!« Er zuckte mit den Schultern und widmete sich wieder seinen Biergläsern. Das Schweigen im Raum dauerte, bis sie die Tür hinter sich geschlossen hatten, dann hörten sie, wie ein Lärm von Gelächter und Geschrei aufbrandete, der bis auf die Straße drang.

Es regnete stärker. In der Gegend, die ihnen der Mann vom Bahnhof als Margittas Revier genannt hatte, standen bei diesem Wetter wenig Mädchen. Eine fröstelnde Blonde lehnte in einem Hauseingang. Sie trug über dem kurzen Röckchen und der ausgeschnittenen Bluse, die einen schlaffen Busen zeigte, einen durchsichtigen Regenmantel. Sie sah stumpfsinnig und gelangweilt aus. Ihr Gesichtsausdruck änderte sich, wurde süßlich und übertrieben freundlich, als Benjamin sie ansprach. Doch als er nach Margitta fragte, fiel wie ein Vorhang wieder der müde Ausdruck über ihr Gesicht. Sie antwortete nicht, drehte sich nur schweigend um und stakste auf hohen Absätzen die Straße entlang.

In jede Hofeinfahrt, jeden Toreingang guckte Benjamin

hinein, ob er dort nicht die dünne kleine Gestalt, das blonde Haar entdeckte.

Der *Kakadu* war ein Lokal, das schon von außen auf billige Art herausgeputzt war, mit roten und blauen Lämpchen, die aufleuchteten, wieder verlöschten, einem bunten Pappkakadu im Schaufenster, der umgeben war von staubigen Fotos tanzender Paare und Aufnahmen neckisch lächelnder, halb nackter Mädchen. Im Eingang stand ein Paar; der junge Mann in Motorrad-Lederkleidung, den Helm unter den Arm geklemmt, das Mädchen in engen Jeans und einem T-Shirt mit der Aufschrift *Willst du mal?* Sie stritten. »Kommst du jetzt mit, verdammt noch mal!«, bellte der Mann.

Das Mädchen zuckte mit den Schultern. »Mach nicht so 'n Terror!«

Er packte sie am Handgelenk. »Du, ich hab dich was gefragt! Wenn du nicht antwortest, kriegst du eine gewischt!«

Doch er ließ sie los, als er sah, dass Benjamin und Ruth in das Lokal hineinwollten. Widerwillig machte das Paar Platz und starrte ihnen verblüfft nach.

Drinnen war es fast dunkel. Röhrende Disko-Musik übertönte alles. Auf einer Tanzfläche hüpften, drehten und wanden sich ekstatisch ein paar junge Leute – jeder für sich allein –, deren Gesichter und zuckende Körper manchmal lila, dann wieder grün, rot oder orange flackerten. Als die Musik schwieg, wurde es heller, weil ein paar Wandlampen angingen. Von den dicht besetzten Tischen wandten sich Ruth und Benjamin neugierige Blicke zu. Aus einer Kabine mit Fenster trat ein junger Mann mit glitzerndem Brokatjackett. »Pause!«, rief er. »Euer Bobby muss mal ein Bierchen stemmen!«

Er kam auf seinem Weg zur Theke an Benjamin und Ruth

vorbei. Erstaunt blieb er vor ihnen stehen. »Nanu! Was soll denn das darstellen?«

Benjamin raffte sich zusammen. »Wir suchen ein Mädchen, sie heißt Margitta. Soll manchmal hier sein!«

Der Mann kniff die Augen zu schmalen Schlitzen zusammen. »So, die sucht ihr? Aber ich kann euch da keine Auskunft geben. Bin hier nur Diskjockey. Ich hol mal den Chef!«

Der Wirt war ein glatzköpfiger, überelegant angezogener Mann. Er fragte unfreundlich: »Was wollt ihr von der kleinen Schnepfe?«

Benjamin zögerte, aber Ruth sprach energisch: »Wir müssen sie dringend sprechen – privat!«

Der Mann zündete sich eine Zigarette an und schob sie schief in den Mundwinkel. »Privat? Was hab ich damit zu tun?«

»Aber es ist dringend, und sie soll doch manchmal hier sein!«

Der Mann hob die Schulter. »Na ja, wenn sie sich jemanden an Land gezogen hat, bringt sie den schon mal hierher. Aber jetzt ist sie nicht da!«

»Vielleicht kommt sie noch?«

»Vielleicht.«

Ruth schob die Kapuze in den Nacken. »Können wir hier vielleicht warten und etwas trinken?«

Der Mann verzog die Lippen, nahm die Zigarette aus dem Mund und staubte sorgfältig ein paar Aschekrümchen von seiner Weste. »Nein!«

»Aber warum nicht?«

Er sah an Ruth vorbei zu Benjamin. »Das werde ich euch sagen. Ich kann euch hier nicht gebrauchen. Vielleicht drehen Kunden um, wenn sie euch sehen. In unserer Branche sind Krüppel geschäftsschädigend!« Er wandte sich um und drängte durch die Menge zur Theke zurück.

Benjamin hatte die Fäuste geballt. Er wollte hinter dem Mann her, doch Ruth sagte leise: »Bring mich weg, schnell!«

Draußen im Regen sah er ihr nur zögernd ins Gesicht. Es war kalkweiß und starr. Der schwarze Balkenstrich der Brauen lag finster auf der Stirn. Sie verzog kaum den Mund, als sie flüsterte: »Ich will nach Hause!«

Benjamin überlegte, was er sagen konnte. Die Gedanken wirbelten in seinem Kopf. Aber schon hörte er Ruths Stimme: »Bitte, sei still!«

Als er sich in Bremers Diele von ihr verabschiedete, sagte sie: »Bis morgen Abend, dann suchen wir weiter.«

Er erschrak. »Hör mal, das hat doch alles keinen Zweck!«

»Ich will es aber weiter versuchen!«, sagte Ruth heftig und fuhr, ohne ihn noch einmal anzusehen, mit dem Rollstuhl in ihr Zimmer.

Am nächsten Tag war es kälter, regnete aber nicht mehr. Ruth saß in ihrem Stuhl, sehr blass, aber sonst merkte man ihr nichts von einem Schock an. Benjamin schob sie die Straße entlang, vorbei an einem Spielsalon, einem Wäschegeschäft, an zwei Mädchen,die sie misstrauisch musterten, einem Laden, wo an der Tür mit großen Lettern *Heilsarmee* stand, einem kleinen Café, in dessen Schaufenster eine ältere Frau mit fest gedrehtem Haarknoten gerade einen Napfkuchen stellte, wahrscheinlich eine Attrappe, wieder einem Spielsalon, mit einer hektisch wirbelnden bunten Scheibe über der Tür.

Dann waren sie vor dem Lokal, das sie suchten, angekommen. An der verstaubten Schaufensterscheibe, hinter der ein paar vertrocknete Grünpflanzen mühsam dahinvegetierten und eine gestreifte Katze schlief, klebten schief von oben nach unten orangerote Buchstaben: *Schräger Emil.* Die Eingangstür hatte eine zersprungene Scheibe.

Als sie die Tür öffneten, schrillte wie bei einem Laden eine Klingel. Sie mussten erst noch einen grauen Filzvorhang beiseite schieben, ehe sie den Gastraum betreten konnten. Wieder empfing sie ein Schwall lärmender Musik. Diesmal kam sie aus einer Musikbox, an der zwei junge Burschen mit langen Haaren, hautengen Jeans und Stiefeln mit hohen Absätzen rauchend standen. In der Ecke dahinter war ein Spielautomat, an dem sich ein Mann mit in den Nacken geschobenem Hut und ein hellblond gefärbtes Mädchen, dessen Scheitel schon wieder nachdunkelte, zu schaffen machten. Auch das Mädchen rauchte, paffte hastig und inhalierte gierig. Ein paar Tische standen im Raum, mit schmuddeligen, geblümten Tischtüchern bedeckt. Aschenbecher darauf, mit Kippen gefüllt. Die Stühle um die Tische waren fast alle von verschiedener Sorte. Die Einrichtung wirkte, als wäre sie flüchtig im Sperrmüll zusammengesucht. Keins der anderen Lokale war so schäbig und trostlos gewesen. An einem Tisch saß eine dicke Frau und aß eine Bockwurst mit Salat. Hinter der Theke, am Ende des Raumes, lehnte der Wirt, dem der Bauchspeck aus dem Hosenbund quoll, und spülte träge und oberflächlich ein paar Biergläser. Durch ein Glas hindurch starrte er Benjamin und Ruth an. Ruth tat, als bemerke sie es nicht. Sie ließ sich von Benjamin an den Tisch in der Ecke schieben. Der Mann hatte das Glas hingestellt und rief unfreundlich: »Was wollen Sie?«

»Zweimal Apfelsaft!«, sagte Ruth mit verkrampfter Festigkeit. Sie schien heute die Sache ganz allein in die Hand nehmen zu wollen.

»Apfelsaft hab ich nicht«, brummte der Wirt.

Ruth ließ sich nicht beirren. »Etwas anderes ohne Alkohol!«

»Cola.«

»Gut, bringen Sie uns zwei Cola.«

Während der Mann umständlich hinter der Theke hantierte, sah sich Benjamin im Raum um. Die Luft war grau vom Rauch, und auch hier roch es nach schalem Bier und kalter Asche. Margitta war nirgends zu sehen. Das Pärchen am Spielautomaten hatte sich umgedreht und beobachtete sie ungeniert, auch die Dicke, die aber dabei nicht aufhörte, sich gierig große Happen in den Mund zu stopfen.

Plötzlich erkannte Benjamin in ihr die Frau wieder, die wie Margitta für Paschunke arbeitete. Sie hatte die gleiche lila Jacke mit dem fludrigen Pelzkragen an wie damals im Bahnhof, und unter dem Tisch schauten die Beine in den schwarzen Stiefeln mit hohen Absätzen hervor. Während ihr großer, rot geschminkter Mund kaute, war das übrige Gesicht maskenhaft unbeweglich.

Der Wirt kam mit einem Tablett und stellte zwei Gläser Cola vor sie hin. Ehe er sich wieder abwandte, fragte Ruth: »Können Sie uns sagen, wo wir ein Mädchen mit Namen Margitta treffen?«

Der Mann hielt mitten in der Bewegung ein, mit der er das Tablett unter den Arm klemmen wollte. »Was?«, fragte er scharf.

»Margitta. So ein blondes Mädchen mit langen Haaren. Sie soll hier öfter gesehen worden sein«, sagte Benjamin hastig.

Der Mann setzte das Tablett klirrend auf den Tisch. »Zum Teufel, was wollen Sie? Sind Sie von der Presse?« Mit einem Blick auf Ruth fügte er hinzu: »Oder von der Fürsorge? Lassen Sie mich gefälligst zufrieden.«

»Warum regen Sie sich so auf?«, fragte Benjamin. Er begriff die Aufregung des Mannes nicht. »Wir wollen doch gar nichts von Ihnen. Wir wollen nur Margitta finden.«

»Ach, hören Sie schon auf!«, rief der Wirt aufgebracht. Schweißperlen bildeten sich auf seinem Gesicht. »Scheren Sie sich weg!«

»Aber Emil«, sagte eine besänftigende Stimme. Einer der Burschen, der am Musikautomaten gestanden hatte, trat an den Tisch, beugte sich ein wenig hinab und bestaunte Ruth neugierig, wobei ihm sein goldenes Kettchen mit einem Anhänger aus dem offenen Hemd rutschte. »Kann ich was helfen?«, fragte er mit öliger Stimme.

»Wir suchen ein Mädchen mit Namen Margitta«, sagte Ruth.

Der Mann richtete sich auf. »Ach so.« Er tauschte mit dem Wirt einen Blick.

»Kennen Sie Margitta?«, fragte Benjamin.

Der Mann lachte kurz auf. Er zog eine Packung Zigaretten aus der Tasche und steckte sich eine an. »Wollen Sie auch?« Er reichte die Packung erst Ruth, dann Benjamin hinüber. Die verneinten beide. Dann kniff er die Lider zusammen, als steige ihm der Rauch in die Augen. »*Kennen* – das stimmt nicht. Sie müssen fragen: *Kannten* Sie die?«

»Was heißt das?«

Schon halb im Gehen drehte sich der Mann noch einmal um und sagte etwas, was im Lärm der wieder aufbrüllenden Musik unterging.

»Was ist? Was meint er?« Benjamin sah Ruth an.

»He, du bist doch der Kleine, den der Paschunke neulich zusammengedroschen hat!« Sie wandten sich der heiseren Frauenstimme vom Nebentisch zu. Die dicke Platinblonde hatte den Teller geleert und schob ihn beiseite. Sie griff nach ihrem Bierglas und trank einen tiefen Schluck, ohne die Augen von den beiden zu lassen. »Ihr wollt was von Margitta wissen?«, sagte sie, als sie das Glas abgesetzt hatte.

»Ja«, rief Benjamin. »Wo ist sie?«

»Wo ist sie . . .«, wiederholte die Frau fast tonlos. Sie stand mit ihrem Glas in der Hand auf und kam zu ihnen herüber. Ohne zu fragen, setzte sie sich auf einen freien Stuhl und stellte das Glas hart vor sich hin. Sie sah mit ihrem Maskengesicht eine ganze Weile erst Benjamin dann Ruth an. »Du in deinem Zustand solltest dich nicht in solchen Kaschemmen wie dieser hier herumtreiben«, sagte sie dann zu Ruth.

Benjamin wollte auffahren, aber Ruth legte ihm beruhigend die Hand auf den Arm. »Sonst bin ich hier ja auch nicht«, sagte sie sanft, »aber wir müssen das Mädchen finden. Vielleicht können wir ihr helfen.«

Die Frau lachte kurz und trocken auf. »So? Hättet ihr euch früher überlegen müssen. Nun isses zu spät.«

»Zu spät?«

Die Frau nickte. »Vorgestern haben wir sie gefunden. Sie hatte noch die Nadel im Arm.«

»Tot?«, fragte Benjamin atemlos.

»Klar, Überdosis. Ham wir schon lange drauf gewartet. Gestern stand's in der Bild-Zeitung. Große Schlagzeile. *Die dreißigste Rauschgifttote in diesem Jahr in der Stadt.* Hättest sie sehen sollen, nur noch ein Bündelchen Haut und Knochen und langes blondes Haar.«

Die Frau nahm wieder einen Schluck Bier und starrte dann vor sich hin. Auf einmal liefen über das unbewegliche Gesicht zwei Tränenbäche von den blassen Augen zum Kinn hinab, gruben sich in die Schminke, hinterließen schmierige Bahnen. Der grellrote Mund zitterte. »Er hat sie kaputtgemacht, der Paschunke, dieses Dreckschwein!

Hat sie immer mehr vollgepumpt mit dem Zeug, damit sie nicht von ihm loskommt und weiter für ihn arbeiten musste, und war doch noch ein Kind, das Vögelchen.« Plötzlich sprang sie auf. »Na, so ist eben das Scheißleben. Habt ihr keine Ahnung von, ihr Pinkels, was?« Sie raffte ihre Tasche an sich, lief mit knallenden Stöckelschritten in den Hintergrund des Raumes und verschwand hinter der Toilettentür.

Ruth hörte Benjamin heftig atmen. »Wir wollen gehen«, sagte sie. »Komm schnell!«

Sie suchte in ihrer Schultertasche, legte ein paar Markstücke auf den Tisch. Niemand hielt sie auf, als sie den Raum verließen. Der Mann hinter der Theke drehte ihnen den Rücken zu und sortierte Flaschen. Die beiden am Spielautomaten starrten fasziniert auf die rollende Kugel. Die an der Musikbox rauchten und taten, als wären sie in ein Gespräch vertieft.

Draußen atmeten sie tief die kalte Luft ein. Es roch nach Schnee. Benjamin schob schweigend den Stuhl vor sich her. Ihm war elend zu Mute. Hinter der Glastür des kleinen Cafés war noch Licht. »Ich möchte etwas trinken«, sagte Ruth. Benjamin fiel ein, dass sie ihre Cola überhaupt nicht angerührt hatten.

In dem Café war es warm und gemütlich. An einem der kleinen Tische saßen ein junger Mann und ein Mädchen, hielten sich an den Händen und schauten sich über das Teegeschirr hinweg in die Augen. Auf einem Stuhl in der Ecke strickte die grauhaarige Frau, die sie vorhin beobachtet hatte, als sie den Kuchen ins Schaufenster stellte. Sie blickte ohne Verwunderung auf. »Ja?«, fragte sie. »Was möchten Sie, Tee oder Kaffee? Auch Kuchen? Ich hab Napfkuchen und Apfelkuchen – selbst gebacken.«

Ruth und Benjamin bestellten Kaffee. Es dauerte nicht

lange, bis die Frau ihn in hübschen, blau-weißen Tassen brachte. Er duftete kräftig. Sie stellte Sahnekännchen und Zuckerdose dazu. Danach setzte sie sich wieder in die Ecke und ließ die Stricknadeln klappern.

Der heiße Kaffee tat ihnen wohl. Aber Ruth war so blass wie gestern Âbend, und der schwarze Balkenstrich lag wieder über der Stirn. Doch Benjamin sah davon nichts. Er sah vor sich Margittas elendes Kindergesicht, das Pulsieren unter der dünnen Haut der Schläfe, das lange, strähnige, blonde Haar, er sah es auf dem Fußboden einer schmutzigen Toilette.

»Wir sind zu spät gekommen«, sagte er. »Ich hätte mich eher kümmern müssen. Warum hab ich sie nicht gleich gesucht, damals, verdammt noch mal, warum?« Er stützte seinen Kopf in die Hände, starrte vor sich hin, die Lippen waren hart wie von großer Kälte.

Ruths Stimme war leise. »Du hättest ihr nicht helfen können, *du* auf keinen Fall. Sie hätte dich höchstens . . .« Sie zögerte.

Benjamin fuhr auf. »Sag's doch! Du meinst, sie hätte mich nur wieder an den Suff gebracht! Oder auch an *ihren* Stoff. Labil, wie ich bin. Aber wäre das wirklich so schlimm gewesen! Lohnt sich dieses beschissene Leben denn? Kann man sich's nicht wenigstens leichter machen, indem man was nimmt, was einem vormacht, dass alles gar nicht so bescheuert wär?

Wenn man sich bedröhnt, glaubt man wenigstens für kurze Zeit, das Leben wär zu ertragen. Was macht's, wenn man später dafür bezahlen muss? Man muss schließlich für alles bezahlen! Vielleicht hat Margitta das ganz richtig gemacht!« Doch sein Magen verkrampfte sich vor Übelkeit, als er das sagte. Er sah Ruth an und sehnte sich heftig danach, dass sie ihm widersprechen würde.

Aber sie tat es nicht. Sie legte den Kopf auf den Tisch zwischen ihren Armen und fing an zu schluchzen, hemmungslos und verzweifelt.

Benjamin erschrak. Er wusste nicht, was er tun sollte. Er hätte Ruth gern gestreichelt, wagte es aber nicht. Er legte seine Hand auf ihren Kopf. Das kurze lockige Haar fühlte sich an wie das Fell eines kleinen Tieres. Sie schüttelte die Hand unwillig ab und hob das Gesicht. Es war tränenüberströmt. Sie machte sich nicht die Mühe es abzuwischen. Die alte Frau, die besorgt aus ihrer Ecke herübergespäht hatte, beugte sich wieder über ihre Strickerei.

»Hör zu«, sagte Benjamin hastig, »das war ganz blöder Quatsch, was ich eben gefaselt habe. Das hast du doch nicht ernst genommen?«

Sie schien ihn nicht gehört zu haben und flüsterte: »Du hättest ihr nicht helfen können, bestimmt nicht. Aber vielleicht ich! Wenn ich kein Krüppel wäre!« Benjamin zuckte zusammen, wollte etwas sagen, aber Ruth redete weiter. »Nein, du hättest ihr nicht helfen können, weil du nicht glaubst, dass es sich lohnt zu leben. Ich *weiß* aber, dass es sich lohnt. Denn das Leben ist nicht immer nur widerlich und ekelhaft, es kann unheimlich schön sein. Und wenn die Sonne scheint, ist es schön, und manchmal auch, wenn es regnet, und einen Hund streicheln ist schön und lesen und mit Freunden zusammen sein, mit ihnen lachen und diskutieren und für andere da sein, für Mädchen wie Margitta, früh genug, damit sie ihr Leben nicht einfach wegwerfen wie einen dreckigen Lappen, sondern auch lernen zu lachen und manchmal fröhlich zu sein. Ja! Es würde sich alles schon lohnen, wenn man Beine hätte wie andere Leute auch, wenn man nicht ständig gebunden, gefesselt, gehindert wäre und nur pfuschen kann!«

Sie ballte die Hände zu Fäusten und schlug damit auf

die Seitenlehnen ihres Rollstuhls, als rüttele sie an einem Käfig. »Ich muss immer pfuschen, in meinem eigenen Leben und wenn ich in meiner Arbeit jemandem helfen will. Nichts bringe ich ganz zu Stande!«

Die Bitterkeit in ihrer Stimme tat ihm weh. Nein, diesmal hatte sie ihm keinen Mut gemacht, sie konnte es nicht, weil sie nicht mehr an sich selbst glaubte. Diesmal musste Benjamin etwas für sie tun, und er wusste auch, was er sagen würde. Er griff über den Tisch, fasste eine der dünnen Hände, löste vorsichtig die Faust. »Ruth«, sagte er so, als müsste er sie aus einer fremden Welt zurückholen, »was redest du da? Du hast vielen Menschen echt geholfen, richtig und ganz, nicht nur halb. Zum Beispiel mir, und zwar gerade deshalb, weil du meistens so toll mit deinem Problem fertig wirst, dass man sich schämt, wenn man sich immer wieder fallen lässt. Man merkt es dir gar nicht an, wie furchtbar schwer das alles für dich ist, man vergisst es beinahe, weil du selber so wenig daraus machst. Ich habe eben erst richtig kapiert, wie schwer für dich das Leben ist. Aber wird es nicht leichter, wenn du dir etwas mehr helfen lässt? Zum Beispiel von mir?«

Ruth entzog ihm ihre Hand und suchte in ihrem Anorak nach einem Taschentuch, wischte die Tränen aus dem Gesicht und putzte sich die Nase. Sie sah Benjamin nicht an, murmelte nur: »Entschuldige, ich hab mich benommen wie eine hysterische Gans!«

Sie tranken schweigend ihren Kaffee aus. Dann sagte Ruth: »Aber du hast Recht, man kann wohl nur leben, wenn man sich gegenseitig hilft und helfen lässt!«

Sie zahlten und verließen das Lokal. Ein paar einzelne Schneeflocken fielen und hinterließen auf Ruths Kapuze feuchte Flecke. Benjamin schob den Rollstuhl vor sich her. Es war gut, etwas zu tun zu haben, aufzupassen, dass der

Stuhl im richtigen Winkel über die Bürgersteigkante kam, damit er nicht kippte, bemüht zu sein, Unebenheiten auf dem Pflaster zu vermeiden, darauf zu achten, dass er nicht mit Passanten zusammenstieß. Es war gut, ganz einfache Dinge tun zu müssen.